Julya Rabinowich
Der Geruch von Ruß und Rosen

Julya Rabinowich

Der Geruch von Ruß und Rosen

Hanser

 *HANSER hey! Schau vorbei und teile dein Leseglück auf Instagram*

1. Auflage 2023

ISBN 978-3-446-27713-7
© 2023 Carl Hanser Verlag GmbH & Co. KG, München
Alle Rechte vorbehalten
Umschlag: formlabor, Hamburg
Umschlagmotiv: © plainpicture/Hanka Steidle
Satz: Satz für Satz, Wangen im Allgäu
Vignetten Innenteil: iLight photo/shutterstock
Druck: CPI books GmbH, Leck
Printed in Germany

Für alle, die zurückblicken (müssen)

Danksagung

An die heldenhafte Mutter von Johnny für ihre Kraft und an Jackie und die zwei Ns für ihre Esels- und Engelsgeduld.

Alles hat seinen Preis.
Auch eine Rückkehr. Nein.
Vor allem eine Rückkehr.
Vielleicht habe ich ja sieben Leben, wie eine Katze. Und eine Vergangenheit, die für sieben Leben reicht. Mit all ihren schrecklichen und schönen Wundern. Blutblumen unter der Haut. Der Geruch nach Ruß, der Geschmack von Eisen. Und der Rosenduft im Garten meiner Oma. Der Mond über dem Dachgiebel unseres Hauses. Mamas Kuchen mit Zitrone. Papas Arm um meine Schultern. Das Singen meiner Tante. Das war mal alles meines.

Nicht jede Reise findet ihr Ende. Manchmal geht sie für immer weiter und weiter: für die, die verschwunden sind. Für die, die man nicht vergessen kann. Für die, die man niemals aufgeben wird zu suchen.

»Sei nicht so kryptisch«, würde Laura dazu sagen. »Glaubst du, es interessiert irgendwen, deine Rätsel zu lösen? Schieß einfach raus, was ist. Tu nicht so, als wärest du eine verdammte Sphinx.«

Und sie hätte natürlich recht.

Und ich würde sagen: »Wenn ich ein Wappentier hätte, wäre es bestimmt ein Skarabäus.«

»Ach was, ein Mistkäfer«, würde Laura jetzt sagen.

Teil 1

Aufbrüche

1

Laura wartet vor dem Haus auf mich. Dort, wo die Idioten letztes Jahr *Hier wohnt Gesindel. Ausländer raus!* draufgeschrieben haben, ist noch eine leichte Farbveränderung wahrzunehmen. Ein etwas gelblicheres Beige als das elegante Beige, das Susi bei der Hausrenovierung wochenlang ausgesucht hat. Es macht nichts, finde ich. Das Haus trägt jetzt eine Narbe. Warum sollte es dem Haus anders gehen als uns? Wir sind alle vernarbt aus den letzten Jahren herausgekommen. Manche ganz real auf der Haut. Andere verborgener. Omas Füße sind voller heller Streifen, wo mal die blutroten Striemen waren, die man bekommt, wenn man wochenlang mit Blasen an den Füßen wandern muss, ohne Socken, mit kaputten Schuhsohlen. Sie schämt sich. Sie trägt strahlend weiß gewaschene Strümpfe, auch im Sommer.

Ich finde Narben wichtig. Sie erinnern daran, dass man schon einmal heilen konnte. Und heilen wird. Wieder und wieder.

»Wir gehen schwimmen«, sagt Laura und pfeift nach Kassandra.

Ja, das wird mir guttun. Das Abkühlen und dann das Auf-den-heißen-Planken-Rumliegen, eine wilde Heidelbeere nach der anderen in den Mund stecken und ins Wasser schauen, auf dem Sonnenflecken tanzen.

*

Der ganze Sommer war bis jetzt verregnet und schwül. Sogar Kassandra tat sich schwer, Abkühlung zu finden, da konnte sie noch so oft in den Teich springen oder sich in der Küche auf den Kacheln platt wie ein Bettvorleger hinlegen. Die rote Zunge hing ihr aus dem Maul und reichte bis auf den Boden, sodass ich immer wieder Angst hatte draufzutreten, wenn ich Eiswürfel aus dem Eisfach holte. Und sie sabberte ärger als jeder Troll.

Zum Schwimmen sind wir meistens zu dritt unterwegs, Laura, Kassandra und ich. Rami will zwar mit, und meine Mutter hätte es ihm sogar erlaubt, aber ich habe wahrlich keine Lust, die ganze Zeit aufpassen zu müssen, um ja keinen Blödsinn zu versäumen, zu dem er so fähig ist. Und er ist zu verdammt viel Blödsinn fähig, ich würde sagen, da entfalten sich in ihm unendliche Kombimöglichkeiten. Noch heißer ist er nur noch darauf, mit Markus etwas zu unternehmen.

Markus ist noch da, aber es ist ein bisschen seltsam zwischen uns, ich habe das Gefühl, er verheimlicht etwas vor mir, wahrscheinlich eine neue Freundin, was ich völlig unnötig finde. Ja, klar gibt es mir einen Stich, wenn es wirklich offiziell so sein sollte. Aber mir ist lieber, es gibt einen Stich, und dann ist Ruhe. Es ist okay, haben wir doch gesagt, bevor er in die Stadt zog, zum Studieren. Wir sind ja nicht mehr zusammen. Wir sind Freunde. Und zu Freunden ist man doch ehrlich! Aber nichts ist einfach, wenn Liebesmüh und diese seltsame, mir zu weiten Teilen unbekannte Sache namens Sex dazwischengeraten. Nichts! Dann kannst du das übereingekommenste Übereinkommen vergessen, pronto.

»Pronto«, sagt Laura jetzt die ganze Zeit, es ist nicht rauszuklopfen aus ihr, seit wir gemeinsam in Italien gewesen sind. Ich versuche, das als nette Erinnerung unserer Reise zu betrachten und nicht als den nervtötendsten Spleen, zu dem sie derzeit fähig ist. Was nicht ist, kann natürlich noch kommen, das ist bei Laura ähnlich wie bei Rami, die Skala ist nach oben hin offen.

Über diese nach oben hin offene Skala der Nervtöterei brauche ich mir im Unterschied zu anderen, nicht ganz so klaren und eindeutigen Dingen, wie zum Beispiel dem Verbleib meines Papas, keine Sorgen zu machen. Die Sorge bleibt vermutlich für immer. Im Unterschied zu meinem Papa. Der ist leider noch immer weg. Keiner weiß, was mit ihm passiert ist.

Der Sommer geht in die Schlussphase, wie er angefangen hatte: mit quälender Ungewissheit, mit täglichen Gängen zum Briefkasten in der immer geringer werdenden Hoffnung, da drin etwas zu finden, irgendetwas. Einen Brief. Eine Todesurkunde. Einen Hinweis. Gar nicht mal so unähnlich dem vorletzten Jahr, als mein Vater und ich ständig zum Briefkasten der Flüchtlingsunterkunft rannten, in der Hoffnung auf eine Art Erlösung, auf den positiven Bescheid.

Ich weiß, dass meine Mutter jeden meiner Schritte zum Briefkasten hin und vom Briefkasten weg stillschweigend verfolgt, ihre Blicke sind mein Schatten. Das macht mich noch nervöser.

Meine Großmutter sagt nie etwas dazu, wenn sie mich zum Briefkasten schleichen sieht. Meine Großmutter ist eine Urgewalt. Meine Großmutter ist ein freundlicher Vulkan. Sie steht noch im stärksten Hurrikan firm und fest am Boden. Sie ist ein weißer Zwerg. Ein Planet, der ein Vielfaches an Gewicht trägt und um den alle anderen kreisen, weil er einfach der dichteste und komprimierteste Planet weit und breit ist und die anderen, nicht ganz so imposanten sich seiner Schwerkraft beugen müssen.

Manchmal beneide ich sie sehr darum. Dass sie einfach dasitzen und ihre Kuchen backen kann. Mit Äpfeln und Zitrone. Ein Fixstern unseres Familienuniversums, noch immer ruhig, wenn es sonst niemand mehr ist. Sie muntert meine Mutter auf, bringt Rami in den

Kindergarten, lässt meiner Tante die Badewanne mit Rosenblättern ein, wenn sie müde von der Arbeit nach Hause kommt.

Meine Tante hat seit dem Sommer einen Job. Sie verdient ihr eigenes Geld! Die erste Frau in unserer Familie! In Ramis ehemaligem Kindergarten, da kocht und putzt sie.

Und dann sitzt Oma mit mir abends im Garten und frisiert meine Haare. Sie frisiert und versucht, sie zu Zöpfen zu flechten, was nicht und nicht gelingen will, weil meine Locken noch immer zu wild sind und ihre Hände nicht mehr geschickt genug. Nie würde ich jemand anderem erlauben, mich wie ein Kind zu behandeln, aber bei ihr fühlt es sich so natürlich an, so passend, dass ich es genieße und nicht dagegen ankämpfen muss.

Sie hat so vieles verloren. Ihr Haus. Ihren Garten. Ihre Ziegen. Ihre Hühner. Ihren Mann. Ihre Söhne. Man könnte sagen, ich habe *vorläufig* meinen Vater verloren. Aber das lässt sich so nicht aufwiegen. Das Gewicht unserer Trauer nicht. Das Gewicht unserer Verluste. Jede von uns leidet, jede für sich. Manchmal leiden wir gemeinsam. Und oft suchen wir gemeinsam Trost. Weil wir Menschen sind. Vielleicht wäre es bei Katzen anders, denke ich. Die würden einfach fallen. Auf ihre vier Pfoten. Mit ihren sieben Leben. Und dann weitermachen. Apropos weitermachen: Da bin ich eigentlich Vollprofi darin. Das ist meine Königsdisziplin. »Königinnendisziplin«, würde Laura jetzt sagen.

*

Manchmal stelle ich mir die immergleiche Frage: Wie mein neues Leben angefangen hat? Schwer zu sagen. Vielleicht war es dieser Sommerabend, an dem ich das erste Mal meine Hand auf den Arm von Markus legte unter den Lampionlichtflecken, die im Sternenhimmel so hoch über uns hingen wie bei anderen die Geigen? Und bevor mein Vater kam, um mich mit ernster Miene noch vor elf Uhr nachts wieder

heimzuholen? Vielleicht, als Laura sich das erste Mal in der Schule zu mir gesetzt hat und sich nicht lustig gemacht hat über meine lustigen Deutschfehler, die alle rundum lustig fanden, bloß ich nicht? Oder später, als sie im Hinterhof von McDonald's weinend ihr rotzverschmiertes Gesicht in meiner Jacke versteckt hat und mir erzählte, was mit ihrer Mutter passiert war. Vielleicht in diesem magischen Augenblick, als ich meinen Fuß über die Grenze dieses Landes setzte? So wie mit den roten Zauberschuhen, die man aneinanderschlägt – ein Augenblick, und es ändert sich alles. Alles. Oder war es schon, bevor wir gingen, war es bereits, als ich unser Haus in Flammen aufgehen sah? War es das Gesicht meiner Oma vor ihrem brennenden Garten? Auf alle diese Fragen gibt es nur eine Antwort:
Sei eine Katze, Madina.

*

In der Schule wird alles anders sein, wenn die Ferien vorbei sind. Die King, unsere Klassenlehrerin, hat uns abgegeben. Ich habe keine Ahnung, wer uns in unserem letzten Jahr übernehmen wird. Ich verbiete ab jetzt auch allen, sie »Krähen-King« zu nennen, wie das im vergangenen Schuljahr alle gemacht haben, auch ich. Weil sie wie ein Trauervogel in ihren strengen schwarzen Kleidern mit ihrer strengen Frisur, den dunklen Strümpfen und der langen Nase durch die Schulgänge gestelzt ist. Sie heißt jetzt aber »Super-King«. Für mich, für immer und ewig. Nie werde ich ihr vergessen, wie sie furchtlos einem ganzen Mob begegnet ist und ihn aufgehalten hat, so lange, bis die Polizei endlich gekommen ist. Ich sehe sie vor mir, wie sie zwischen Fackelschein und Blaulicht vor unserem Gartentor zu Boden geht, wie meine Tante zu ihr stürzt, wie ich schreie – aber alles das in Zeitlupe, auch der Aufschlag. In vollkommener Lautlosigkeit, als hätte man beim Filmschauen den Ton abgedreht.

Die anderen haben jetzt Ruhe vor ihr und ihrem strengen Blick, ihren fordernden Hausaufgaben. Mir wird sie fehlen. Wäre sie nicht so streng gewesen, wäre mein Deutsch jetzt ein anderes. Und mein Englisch auch. Ja, mir würde sie wirklich fehlen. Aber: Ich sehe sie nach wie vor immer wieder, Susi holt sie regelmäßig ab und bringt sie zu uns, um im Garten zu sitzen und englischen Tee zu trinken. »Frische Luft tut Ihnen gut«, sagt Susi dann, schneidet eine Rose ab und stellt sie in einem hohen Glas auf den Tisch. Diese Rose bekommt die King immer mit, wenn Johann sie nach Hause fährt. Es tut mir ein bisschen weh, sie so zu sehen, wie sie mit ihrem Rollator ganz vorsichtig zu Johanns Auto trippelt, aber andererseits bin ich froh, dass sie zu uns kommt und sichtlich Freude daran hat. Meine Oma sitzt manchmal dabei, sie liefert Honigbäckereien zum Tee, die ich als Kind so geliebt habe, lässt sich von der King die staubtrockenen Shortbreads erklären und tunkt sie neugierig in ihren Earl Grey. »Mit Milch«, darauf besteht die King.

Ihre Beine sind noch dünner, als sie schon davor gewesen sind, ihre Kleider sitzen nicht mehr so eng und exakt, als wären sie ihr auf dem Leib zusammengenäht worden. Ich habe manchmal Angst, dass sie immer leichter und leichter wird und ein plötzlicher Windstoß sie davontragen könnte wie eine Art Anti-Mary-Poppins. Ihr Blick ist aber nach wie vor wach und scharf, genau wie ihre Zunge.

Manchmal wache ich mitten in der Nacht auf, weil ich schreie. Und manchmal weiß ich nicht mehr, ob ich schreie, weil mir Erinnerungen an den Krieg hochkommen. Oder die Erinnerungen an den Mob vor unserer Tür. Weil: Ich habe verdammt lange nicht geglaubt, dass auch hier solche Sachen möglich sind. Nicht mal ansatzweise habe ich mir das vorstellen können. Nicht mal ansatzweise. Echt.

Und was ich mir auch nicht hatte vorstellen können: wie viel Hilfe wir dann von Menschen bekamen, die uns gar nicht gut kannten. Johann kannten wir nur vom Sehen. Und doch kam er vor unser Gartentor, um uns zu schützen, genauso wie die King. Und der Idiot, der den »Ausländer raus!« brüllenden Mob zu uns geführt hat, hat so richtig Angst bekommen. Aber richtig. Huper haben wir ihn genannt, weil er, bevor er ausgetickt ist, immer vor unserem Haus stehen blieb mit seinem hässlichen roten Angeberauto und elendslange hupte. Wegen Laura. Bis ich ihn vertrieb. Und er mich »Flüchtlingsgesindel« nannte. Ja, so hat das mit dem Huper angefangen. Und so hat es dann aufgehört: Der Huper ist nun klein mit Hut, mucksmäuschenstill, und wenn ich ihm im Bus begegne, sieht er weg. Ja, der fährt jetzt ab und zu auch mit dem Bus, so wie wir. Den Führerschein haben sie ihm in dieser schrecklichen Fackelnacht abgenommen. Ich gestehe, dass es eine durchaus fragwürdige Genugtuung ist, ihn im strömenden Regen an der Bushaltestelle zu sehen, mit aufgeweichter Gelfrisur und einem verbissenen Zug um die schmalen Lippen. Auch wenn mir immer noch schlecht wird, wenn ich an den hasserfüllten Blick seiner knallblauen Augen denke, die mittlerweile in dunklen Ringen liegen. »Scheiß dich nicht an«, würde Laura jetzt sagen. Ach, Laura.

*

Wenn man Tagebuch schreibt, dann ordnet man Gedanken. Wenn man in Therapie geht, ordnet man das Leben. Ich würde schlicht total verzweifeln, wenn ich Frau Wischmann nicht hätte. Sie ist meine zweite Superheldin. Gleich nach der King. Wäre die King eine machtvolle Göttin, dann wäre Frau Wischmann ihre Tochter.

*

Ich kann das nicht. Ich kann nicht so schreiben, als ob nichts passiert wäre. Es ist so viel passiert. Mit mir, mit Mama, mit Amina, mit Laura. Mit meinem Vater.

*

Manchmal ist das Leben wie eine Reihe von Berggipfeln. Immer wenn man einen geschafft hat, ist man erleichtert und stolz und glaubt, man ist jetzt endlich dort, wo man hinwollte. Und gleich darauf sieht man den noch größeren Berg dahinter. Und hinter dem den nächsten. »Das Leben kickt«, sagt Markus dazu. Und ich denk mir: Ja, und zwar mitten in die Fresse.

2

So war das auch in Venedig. Es ist noch gar nicht lange her und fühlt sich doch schon so weit weg an. Mitten in den Sommerferien. In unserem Urlaub. In Italien. Laura und ich. Das erste Mal ohne meine Eltern, das erste Mal allein in Europa unterwegs. Wieder eine ganz neue, andere Sprache, die schön klang wie eine Melodie, nur verstand ich leider nicht eine einzige Note davon.

»Scheiß dich nicht an«, hat Laura gesagt, während sie sich die Finger ableckte, die noch Flecken von der eiergelben Creme aufwiesen, die aus ihrem Gebäck hervorgeschossen kam, als sie gierig hineingebissen hatte. »Die Creme heißt Zabaione.«

»Sehr angenehm. Madina.«

Als Laura lachte, stob eine kleine Staubzuckerwolke in die Luft.

»Dolce Vita«, sagte sie. »Das süße Leben.«

Wir standen vor der kleinen Pasticceria (so sagt man hier zu Konditoreien, hatte Laura mir stolz erklärt), unsere Blusen voll mit Puderzucker, Kakaopulverränder an den Lippen, zwei ausgemachte Ferkel, die sich im venezianischen Sommer wälzten.

»Der beste Cappuccino meines Lebens«, sagte sie anschließend und wischte mit dem Ärmel über ihren Mund. Glück gehabt, die Bluse war schwarz mit braunen Hirschen drauf, passend zum Kakao.

Ich sah in die Auslage, in der ein kleines Leckereien-Universum explodierte, Erdbeertörtchen, mit Aprikosenmarmelade gefüllte Kuchenstückchen, marzipangestreifte Schnittchen, Windbeutelgebäck gefüllt mit Schoko und Vanille und mit Glasur drauf. Wir hatten schon je drei davon verspeist, und der Kaffee war hier kein Kaffee, sondern ein himmlischer Genuss. Ich trank drei schaumgekrönte Tassen hintereinander, bis mein Herz unter dem weißen Leinenkleid zu flattern begann wie ein nervöser Schmetterling.

»Noch eine Runde?«, fragte Laura. »Die Fruchtkörbchen da hinten haben wir ja noch nicht probiert.«

»Wollen wir vielleicht noch etwas Unbekanntes für morgen aufheben?«

»In Venedig gibt es genug Unbekanntes für mindestens zehn Jahre, meine Liebe!«

Die Pasticceria lag gleich neben dem Bahnhof, mitten in der Touristenhochburg, hier rasten sie alle durch das Gässchen, das von buntem Kram nur so geflutet wurde, mit ihren Rollkoffern, die so einen Höllenlärm machten wie ein nie endendes kakofonisches Konzert. Wir waren cool, wir hatten nur Rucksäcke mit.

Ich griff nach einer der bunten Masken, ich hatte so etwas noch nie gesehen.

Laura zog mich weiter. »Lass das! Diese Masken hier kommen aus China, nicht aus Venedig! Komm, komm! Woher ich das weiß? Weiß ich eben. Wir müssen unsere Fähre erwischen!«

»Welche Fähre?«

»Willst du etwa zum Lido schwimmen?!«

»Was ist ein Lido?«

»Ein Reservat für hübsche Jungs in Badeshorts.«

Was zum Teufel …

*

Dieser verdammte Lido war einfach nur ein lang gezogener Sandstrand!

Und es saßen dort nur Omas mit ihren Enkelkindern rum. Und die Enkel waren definitiv keine Jungs, die mich interessiert hätten.

Und es nervte mich, dass Laura dauernd damit angab, dass sie sich hier besser auskannte als ich. Ich würde sie so was nie so deutlich spüren lassen.

Das Meer aber war schön. Ist immer schön. Es gibt nichts Schöneres als das Meer.

*

Und die Pizza, die wir an diesem Abend gegessen haben, war leider so viel besser als die von Susi, dabei liebe ich die von Susi schon sehr. Die Tomaten schmeckten süß vor Sonne, der Basilikum haute rein wie eine grüne Faust! Und der gegrillte Fisch ... und das Tiramisu ... zu blöd, dass wir übermorgen schon heimfuhren.

»Denk doch nicht jetzt schon ans Heimfahren«, sagte Laura und warf mir ein rotes Kopfkissen mit Löwen drauf an den Kopf, ich wich aus, weil meine Reaktionen seit dem Krieg immer noch so scharf sind wie bei einem wilden Tier im Wald, das Kopfkissen flog an mir vorbei und stieß die Vase mit den Plastikblumen auf dem Nachttischchen um, sie fiel. Wir hielten den Atem an, aber das mit bunten Stoffen tapezierte Zimmer war so klein, dass sie schief auf dem Bett zum Liegen kam. Außerdem war auch die Vase aus Plastik, aber das merkte ich erst, als ich sie hochhob.

»Blödfrau«, sagte ich, und wir lachten, und Laura umarmte mich, auf unserer Haut noch Salz und Sand vom Meer.

Ich liebe Lauras Geruch. So riecht zu Hause. Ein Zuhause, mit dem man um die Welt fahren kann.

*

Und an unserem letzten Tag hat Laura mir eine echte venezianische Maske bei einem echten Papiermaschee-Künstler gekauft, mit dem sie echt schamlos geflirtet hat, obwohl er bestimmt über fünfundzwanzig war und damit eigentlich ein alter Macker. Ich hab sie in die Seite geboxt, weil es mir schon beinah peinlich geworden ist, und er hat es gesehen und hat gegrinst, und ich bin so rot angelaufen wie eine überreife italienische Tomate.

»Was ist?«, hat Laura gezischt.

Und er hat seine schwarzen Locken hinter das Ohr gestreift und in einem Englisch, das noch übler war als meines – und das will wirklich etwas heißen! –, gesagt: »Deine Freundin ist eifersüchtig.«

Und ich bin rausgestürmt und stand eine ganze Weile ganz allein auf dem flirrend heißen Platz auf den Marmorplatten herum, mitten in der prallen Sonne, und habe wütend in den Garten von dem Palazzo gegenüber gestiert, als ob mir von dort ein Märchenprinz entgegenkommen würde. Oder wenigstens ein Frosch. Bis Laura endlich nachgekommen ist, mit einer langnasigen Maske vor dem Gesicht.

Ich habe mich weggedreht und wollte mich nicht sofort wieder vertragen. Ja, ich darf jetzt manchmal auch zickig sein! Wenn man so oft auf Hilfe angewiesen ist, wie ich und meine Familie es mal waren, glaubt man, immer lieb sein zu müssen.

»Jetzt komm schon«, hat Laura gemault. »Ich war doch nur ganz kurz da drin!«

Ich drehte mich weg und ging noch ein Stück weiter, in den Schatten, den ein Baum spendete. Unter dem Baum stand ein kleiner Kiosk, vor dem in einem Gestell Zeitungen wie Schuppen überlappend hingen. Und Wasserflaschen am Fenster aufgereiht standen.

»Seine Locken sind sowieso nicht so toll wie deine!« Sie ging rüber zum Kiosk, immer noch mit der Maske auf. »Wasser, Wasser, wir sterben.«

Übertreiben braucht Laura auch nicht, dachte ich mir noch, genug ist eigentlich genug. Und als ich ihr das gerade sagen wollte, dass sie sich jetzt ihr Drama sparen soll, da ließ sie plötzlich die Maske von ihrem Gesicht fallen.

»Schau, Madina!« Sie hielt mir die Zeitung hin, auf der Titelseite waren Panzer und Soldaten zu sehen und Frauen, die mit Blumen in den Händen dastanden. Es kam mir irgendwie bekannt vor.

Der Verkäufer tauchte plötzlich im Fensterchen auf wie ein Springteufel aus der Kiste und schrie hinter ihr her. Weil sie die Zeitung einfach genommen hatte, ohne zu fragen.

Laura legte ihm wortlos Geld hin. Die Zeitung in ihrer Hand zitterte.

»Schau, Madina!«, wiederholte sie. »Der Krieg ist vorbei.«

Ich habe zuerst nicht verstanden, was sie meinte.

Dann ließ Laura die Zeitung fallen, sie flatterte mit ausgebreiteten Papierschwingen zu Boden, die Soldaten starrten uns von unten ernst an. Die Frauen streckten uns die bunten Blumensträuße entgegen. Sie schüttelte mich. »Dein Krieg, Madina. Euer Krieg ist vorbei!«

*

Das war nie »mein« Krieg.

*

Ich habe ihn gehasst. Er hat uns fast zertrümmert, jeden einzelnen von uns. Er hat mich und Papa in unseren Keller gezwungen, in dem die Verletzten lagen, die Papa heimlich operierte. Auf einem Küchentisch. Und ich, die ihm dabei assistieren musste. Weil meine Mutter ohnmächtig wurde, wenn sie ihm helfen sollte. Weil Rami ja nicht in den Keller gehen durfte, um uns nicht aus Versehen zu verraten. Sie hätten uns doch alle getötet, wenn es aufgeflogen wäre.

In einem Krieg kann man sich nicht raushalten, auch wenn man es noch so sehr versucht. Er deckt das ganze Land zu mit seiner Finsternis, und jeder muss selbst zusehen, wie er unter dieser schwarzen Kuppel wieder herauskommt. Und ob er überhaupt herauskommt. Manchmal vergesse ich das alles, wenn ich nur genug Laura-Lachen um mich habe. Aber es lässt sich nicht ganz vergessen. Und vielleicht will ich das auch gar nicht. Es ist mein Leben. Es war so.

*

Verdammterweise verstehe ich gar kein Italienisch und Laura nur bruchstückhaft. Wir saßen auf den Stufen, die zum Bahnhof Santa Lucia führten, vor uns der Kanal mit den Vaporetti (jaja, ich kann das jetzt auch, so angeben wie Laura), und hielten die Zeitung auf unseren Beinen, während Laura versuchte, sie zu lesen wie ein Zauberbuch voller mir unbekannter Symbole. Oder einen Orakelspruch. Oder diesen Stein von Rosetta. Weiß nicht mehr genau, was da war, aber als man den endlich entziffert hat, war es jedenfalls ein Durchbruch. Irgendwann. Nach Jahrhunderten. So viel Zeit haben wir nicht.

Ich habe überhaupt keine Geduld bei so was. Ich holte mein Handy raus und fand eher wenig dazu, aber ja, der Krieg war aus. Schrieben sie auch bei uns daheim.

Ich suchte mit zitternden Fingern in meinem Handy herum. Ich war eigentlich vorher traurig, dass unsere gemeinsame Zeit hier in Venedig zu Ende ging. Aber plötzlich konnte ich gar nicht schnell genug nach Hause kommen.

Das Klingeln hatte so eine Unendlichkeit wie das Universum. Mir schossen Tränen in die Augen, als meine Mutter abhob.

3

Der Weg zurück: ein Wirbelwind aller mir möglichen Gefühle.

Dieser Krieg hat meinen Papa gezwungen zurückzugehen. Mitten hinein in die größte Gefahr. Für seinen Bruder. Für meine Oma. Oma hat es zu uns rübergeschafft. Von Papa und meinem Onkel Miro haben wir nie wieder etwas gehört. Nie wieder.

Ich denke also gleichzeitig: Es ist gut, dass der Krieg aus ist. Vielleicht kann mein Vater endlich zurückkommen! Es ist schlecht, dass der Krieg aus ist, vielleicht wird alles noch viel schlimmer!

Den Gedanken, dass ich möglicherweise eine Antwort auf den Verbleib meines Vaters finden könnte, die ich nicht, niemals nicht, erhalten will, diesen Gedanken schiebe ich ganz schnell wieder weg. Er darf keinen Platz in meiner Welt haben.

Was man sich vorstellt, wird vielleicht wahr, sagt meine Oma. Aber die ist so abergläubig, dass sie immer dreimal über die Schulter spuckt vor allen wichtigen Treffen oder Entscheidungen, um den bösen Blick fernzuhalten. Also, sie hat jetzt ein falsches Gebiss und spuckt nicht sehr weit, der größte Teil der Spucke bleibt ziemlich oft auf ihrer runden Schulter hängen. Meistens. Und wenn sie einen gleich darauf umarmen will, wird man mit dem Gesicht voran hineingedrückt. Ich liebe meine Oma, echt, aber diese Momente liebe ich etwas weniger. Rami hat's gut, er wird immerzu in ihren weichen Bauch gedrückt, was in diesem Fall von unschätzbarem Vorteil ist. Er wächst allerdings so unkontrolliert wie eine wilde

Bohne. Bald ist er so weit, dass er es hassen wird, wenn sie ihn umarmt.

*

Als wir atemlos in den Garten stürmen, sind schon alle da versammelt: meine Mutter, Tante Amina und meine Oma, Rami, Markus und Susi. Unsere Rückkehr wird gefeiert: Der Gartentisch ist festlich gedeckt, mit der Rosentischdecke, die sich meine Oma mal gewünscht hatte, mit Susis schönstem Geschirr aus buntem Keramik, einem Blumenstrauß in der Mitte. Die Semesterferien sind noch nicht um, und Markus ist noch eine Woche da, er hat extra auf uns gewartet.

Wir haben allerdings einen Stuhl mehr als üblich dastehen. Neben Susi. Sie ist auch irgendwie nervöser, als sie sein sollte. So aufregend ist es auch wieder nicht, dass wir nach zwei Wochen Italien daheim ankommen. Ich hätte ja verstanden, wenn sie nervös ist, während wir unterwegs sind. Aber jetzt?

Meine Mutter springt so heftig auf, als sie mich näher kommen sieht, dass ihr Gartenstuhl umfällt und das geblümte Kissen wegschießt wie ein Frisbee. Und stürmt auf mich zu. Ihr Gesicht spiegelt alles wider, was ich selbst vor Kurzem empfunden habe: Angst, Hoffnung, Freude und Besorgnis, in ihren Augen stehen Tränen.

Ich lasse den Rucksack fallen und umarme sie, dabei merke ich, dass sie kleiner geworden ist, gebückter. Oder bin ich es, die gewachsen ist?

Sie drückt ihr Gesicht an meinen Hals in einer Verkehrung unserer Rollen – ich spüre sie gleich wieder, diese Schwere, die mich befällt, wenn ich hier bin. Diesen Rucksack kann ich nicht so leicht abwerfen, er sitzt fest und straff auf meinen Schultern. Er macht meine Schultern breit. Aber er zieht mich zu Boden.

Kassandra hat sich aus Ramis Armen gerissen und rast zu uns. Zwischen den Seufzern meiner Mutter ertönt ein hohes Jaulen und Singen, als sie an meinen Beinen hochspringt. Jemand hat ihr einen Blumenkranz um den Hals gehängt, der sie ein bisschen zu einem Fabelwesen macht, ihre schwarzen Ohren klappen bei jedem Hochfliegen auf und beim Abtauchen wieder zu, als ob sie mit ihrer Hilfe fliegen würde. Und ich würde sie so gerne in den Arm nehmen, aber der ist ja schon von meiner Mutter belegt, wie so oft.

Laura kniet sich hin und übernimmt die offizielle Hunde-Begrüßung, Kassandra versteckt sich zwischen ihren Beinen und wedelt wie eine Wilde. Wo Kassandra wedelt, bin ich daheim. So einfach ist das. Und dort, wo Laura ist. Man kann mehr als ein Daheim haben. Das war das Wichtigste, was ich letztes Jahr erkannt habe. Vielleicht ist das so, je weiter man sich von seiner Familie entfernt in Richtung eigenes Leben. Dann markieren andere Meilensteine neue Lebensorte, und die früheren machen Platz und verschwinden im Nebel.

Markieren und Kassandra passt sehr gut zusammen, eigentlich.

Meine Mutter lässt mich endlich los, weil auch Oma mich begrüßen will.

Meine Oma sagt: »Der Krieg ist vorbei. Vorbei. Vielleicht kommt dein Vater jetzt bald zurück«, und sie tätschelt meine Wange, nur ihre Augen bleiben dunkel umwölkt.

»Bald werden wir mehr wissen, versprochen«, sage ich.

Und sie deutet mir ganz ruhig, mich neben sie zu setzen. »Erzähle doch von deiner Reise.« Und dann lächelt sie auf diese unvergleichliche Oma-Art, wie sie schon gelächelt hat, als ich noch ganz klein war und das erste Mal bei ihr übernachten sollte, ganz allein, ohne meine Eltern, und die Dunkelheit ihres Schlafzimmers drohte über mir zusammenzuschlagen wie schwarze Tinte, und das Knarren und Knistern in der Dachkammer wurde so laut, dass ich ihr Gutnachtlied nicht mehr hören konnte.

Ihr Lächeln schneidet erleuchtete Fluchtwege in die Finsternis, egal wie alt man ist. Ihr Lächeln und der Geruch nach Rosen und süßen Äpfeln aus ihrem Garten. In dem kleinen Fensterchen unter dem hölzernen Dachgiebel riecht es nach Honigkerzen, und irgendwann zieht der Mond vorbei und der Morgenstern verkündet das Ende der Nacht. Was würde ich dafür geben, wieder dort zu sein, in ihrem Bett mit den zwei alten weichen Matratzen darauf und dem bunten Überwurf, den sie aus Resten diverser Kleider genäht hat, in dem sich ihre Geschichte spiegelt und die meines Vaters. Sogar ein Flicken aus dem Ersatz-Soldatenmantel meines Urgroßvaters war auf dieser Decke zu finden, ein abgetragenes schlammgrünes Quadrat aus festem Stoff. Er war niemals heimgekehrt, und meine Großmutter hatte begonnen, Erinnerungen an ihn in ihr Leben einzubauen. Stück um Stück.

Unsere Familie: eine lange, lange Reihe wartender Frauen. Ich weiß, dass ich jetzt auch eine von ihnen bin. Und irgendwie weiß ich auch, dass ich nicht nur zum Warten geboren bin. Ich nicht.

Meine Tante steht leicht abseits und mustert mich sehr genau, mit einer tiefen Falte zwischen ihren Augenbrauen. Ihr Gesicht hat einen Ausdruck, den ich nicht deuten kann, obwohl ich es versuche, und ich nehme mir vor, sie später darauf anzusprechen.

Aber der frühe Abend explodiert ein bisschen in alle Richtungen, Ramis Kindergartenfreund Franzi kommt ungefragt vorbei, was Rami sogar seine geliebte Kassandra völlig vergessen lässt, und Susi, die sich erstaunlich hübsch herausgeputzt hat für eine kleine familiäre Feier, sieht alle fünf Minuten auf die Uhr.

Laura verdreht die Augen. »Ich glaube, wir erleben heute noch eine kleine Überraschung«, flüstert sie mir ins Ohr.

Ich schaue verständnislos.

»Glaub mir, ich kenn das.«

Markus stößt sie in die Rippen. »Jetzt hör schon auf«, sagt er. »Auch Mütter dürfen Spaß haben.«

Laura faucht ihn an. »Pfoten weg, Alter!« Und ich bin nochmals erstaunt heute Abend, ihr Gesicht ist trotzig und trägt einen Schatten von noch etwas anderem. Anspannung.

Susi spürt das, sie kommt zu uns und legt Laura einen Arm um die Schultern. Sie riecht gut und warm nach einem blumigen Parfum, das ich noch nie an ihr gerochen habe, meist sind es luftig-leichte Düfte, die sie verwendet. Laura zuckt zusammen.

»Willst du noch was zu trinken, Schatz?«, fragt Susi, und bevor Laura etwas antworten kann, läutet unsere Türklingel Sturm.

Draußen vor dem Gartentor steht Johann, der Cafébesitzer, in einem weißen Hemd und schwenkt einen Picknickkorb in der einen und Blumen in der anderen Pranke. Sein Bart wirkt nicht so wild gesträubt wie sonst, und frisiert hat er sich auch – ein seltener Anblick.

Laura schaut und schaut und muss schließlich ein Lachen unterdrücken. »Na gut, nicht die allerübelste Wahl«, flüstert sie mir zu.

Und ich muss an diesen Abend denken, an dem Laura Geburtstag hatte und Markus mich das erste Mal umarmt hat und mein Vater an genau diesem Tor auftauchte, in weißem Hemd wie Johann jetzt eben, angespannt und unsicher, um mich wieder abzuholen.

*

Normalerweise würde ich mich in mein Zimmer – mein erstes eigenes – zurückziehen können, das gleich neben Lauras liegt, um meine Gedanken zu ordnen. Aber wenn Markus da ist, wohnt er in seinem alten Zimmer, das mein neues Zimmer geworden ist – das war unser Deal von Anfang an.

Und so kommt es, dass ich am Abend in einem Klappbett in Ramis Zimmer liege – in der unteren Wohnung, dort, wo früher das Büro von Lauras Vater war und wo nun Mama und Rami und Amina und Oma wohnen – und versuche, so zu tun, als würde ich schlafen, damit meine Mutter nicht noch nervöser wird, als sie es schon ist. Wie früher, als ich noch unten wohnte.

Als ich also an diesem Abend wie früher Ramis Atemzügen lausche, der noch nichts weiß davon, dass der Krieg vorbei ist und manche Antworten jetzt greifbarer sind, weil ihn alle schonen wollen, als ich so daliege, allein, ohne Laura neben mir wie die letzten beiden Wochen, fällt das ganze Gewicht dieser Gedanken plötzlich von der Decke auf mich herab wie ein tonnenschwerer Lüster in diversen Horrorgeschichten. Und der alte Film läuft ungebeten ab, bevor ich noch bis drei zählen kann: Ich sehe meinen Vater vor mir, wie er unsicher an Susis Gartentor steht, und spüre meine Wut wieder, die ich damals empfand, weil ich, verdammt noch mal, noch nicht heimwollte. Um zehn Uhr abends! Weil diese verdammte Party erst um acht begonnen hatte! Und Markus an diesem Abend das erste Mal meine Nähe suchte! Und ich mich endlich fühlte wie alle anderen, endlich ein Teil von etwas, endlich kein seltsamer Fremdkörper mehr, endlich wo angekommen. Und diese Dramen zu Hause! *Du darfst nicht mit den anderen zum Jahrmarkt! Das ist gefährlich! Du kommst nach der Schule gleich nach Hause! Sei nicht wie Amina! Deine Tante ist ein liederliches Weibsbild, sie weiß nicht, was gut für sie ist! Benimmt sich beständig daneben! Wehe, du wirst so eine Frau wie die! Eine Schande wäre das! Nie soll meine Tochter so werden!* Mein Vater behauptete, er würde sich in Grund und Boden schämen. Wie mein Großvater bei Amina, der sich nur darum nicht mehr in Grund und Boden schämt, weil er schon tot ist. Und die Blicke meiner Tante, die meinem Vater gegenübersitzt – zwischen ihnen eine Kanne mit schwarzem Tee – und ihre schönen Hände um ihre Tasse legt, damit man ihre Finger nicht zittern sieht und ich echt Sorge habe: Gleich kippt sie ihm den Inhalt über den Kopf!

Und dann fällt mir ein, wie meine Tante heute ausgesehen hat, und ich kenne sie zu gut, um nicht zu ahnen: Sie heckt etwas aus. In der Wohnung geht ein Licht an. In der Küche ist jemand, ich höre Schritte. Ist es Mama? Weint sie wieder?

Ich stehe also ganz vorsichtig, beinahe in Zeitlupe wieder auf, um Kassandra nicht zu erschrecken, die an Ramis Bettende zu einem dunklen Kringel zusammengerollt schläft. Er spürt immer ganz genau, wenn sie sich nicht mehr an ihn kuschelt, da kann er in der dunkelsten REM-Phase sein, das ist egal.

Wir sind alle noch immer so: wachsam bis in den tiefsten Schlaf hinein, immer auf dem Sprung, immer bereit zu fliehen. So was lässt sich nicht löschen. Auch nach drei Jahren nicht. Der Krieg rinnt durch unsere Venen, steckt uns in den Knochen, den Sehnen, lauert hinter den geschlossenen Augenlidern. Wir haben ihn verlassen. Aber er uns nicht. Er ist ein ungebetener Gast, mit dem man bestenfalls lernt, sich zu arrangieren, damit er nicht zu heftig in den Alltag einzubrechen versucht.

Ich hänge meine bloßen Füße in Zeitlupe aus dem Bett, schiebe die Decke zurück, trete erst auf den einen Fuß, ganz, ganz vorsichtig, dann auf den anderen, die Tür ist angelehnt, ich muss sie noch achtsamer aufschieben, damit sie nicht knarzt. In der Küche brennt Licht.

Ich schleiche aus dem Zimmer und blinzle, weil es mich blendet. Meine Oma und meine Mutter schlafen schon. Nur meine Tante ist noch wach. Sie sitzt da, vor sich ihr alter langer schwarzer Rock, bauschig und voluminös, der über unserem Küchentisch hängt wie ein gemeuchelter Schwan. Sie nestelt an dem Saum herum und bemerkt mich nicht, weil ich immer noch im Lautlos-Modus bin. In ihrer Hand blitzt eine kleine Schere auf, als sie die letzten Fäden durchtrennt und dann mit präzisen, geschickten Bewegungen ihre Finger im Stoff versenkt, um nach etwas im dunklen Inneren zu fischen. Sie hält kurz inne und tastet, kriegt etwas zu fassen. Zieht schließlich Glänzendes aus den Stofffalten heraus: eine goldene Schlange, die sich um ihre Finger und Handgelenke wickelt. Ich blinzle nochmals: nein, eine goldene, schwere Kette mit kugeligen Gliedern, die sie durch die Finger gleiten lässt, immer und immer wieder. Es sieht aus wie ein Gebet, wie eine Meditation – ihre Augen sind geschlossen, die Nasenflügel beben, ihr Gesicht wirkt plötzlich ganz neu, jünger, trauriger.

Dann knarzt die verdammte Tür hinter mir, weil es durch unser Schlafzimmerfenster reinzieht, und meine Tante zittert und öffnet die Augen. Und sieht mich. Sie zuckt zusammen, die Kette rasselt auf den Tisch und von dort auf den Boden, immer noch schlangengleich. Ich würde gern etwas sagen und schaffe es nicht. Amina bleibt regungslos, als hätte ich sie bei einem Verbrechen erwischt. In flagranti.

Schließlich räuspere ich mich, weil ich die Stille nicht mehr aushalte. »Ich wollte dich nicht stören.«

Sie bückt sich, hebt die Kette hoch und lässt sie in die Tasche ihres Kleides gleiten, Glied um Glied.

»Was hast du da gemacht?«, quetsche ich raus.

Amina nimmt den Rock mit dem aufgetrennten Saum hoch und wirft ihn über die Schulter. Er raschelt, ich denke wieder an schwarzes Schwanengefieder.

»Lass uns darüber ein andermal reden.«

Sie geht zum Badezimmer. Die Badezimmertür schließt sich, ich höre innen das Klicken des Riegels. Und dann höre ich das Wasser in der Dusche. Sicher über eine Stunde lang. Wie früher, in der Flüchtlingsunterkunft, als sie stundenlang im Bad blieb und sich die Haut blutrot schrubbte und kratzte.

*

Amina will nicht reden. Heute nicht, gestern nicht und morgen wahrscheinlich auch nicht.

Ich rufe Frau Wischmann an, obwohl ich genau weiß, dass sie nicht abheben wird. Nur, um ihre Stimme auf dem Anrufbeantworter zu hören.

*

Jetzt bin ich also wieder hier und alles nervt. Mama heult wieder einmal, meine Tante schweigt, mein Bruder ist eine Pest, nur meine Oma ist so wie immer. Meine Oma kann man nicht aufhalten. Ja, und Kassandra auch nicht.

4

Wir haben noch ein paar ruhige Wochen, bevor die Schule wieder losgeht. Mit den großen Fragezeichen, wer uns übernimmt.

Wenigstens ist dann auch Lynne zurück, die mir schon sehr fehlt, weil sie immer eine Idee hat, was in verfahrenen Situationen zu tun ist. Aber jetzt ist sie bei ihrer Oma, weil ihre Eltern gerade für eine Theaterproduktion proben müssen und Lynne gut genug kennen, um sie in den Ferien nicht alleine zu Hause zu lassen, wo sie vermutlich jede Nacht Party gefeiert hätte.

Lynne schreibt uns an die tausend Nachrichten aus der Türkei und schüttet uns mit Fotos zu: Lynne im weißen Bikini an Deck eines Segelbootes. Lynne mit einer Krabbenschere im Mund. Lynne füttert Straßenkatzen. Lynne füttert Straßenhunde. Lynne küsst irgendeinen Strand-Romeo. Er kommt auf exakt drei Fotos vor und dann nie wieder. Laura hat so einen leicht neidischen Blick, vermutlich denkt sie an ihren Locken-Romeo aus Venedig, dessen Eroberung ich ihr ruiniert habe. Manchmal hat man Pech, Laura.

*

So. Es ist so weit. Ich halte es nicht aus zu Hause. Ich muss da raus. Ich weiß einfach nicht weiter. »Wohin gehst du«, kreischt mir Laura nach, als ich mich davonschleichen will. Und dann stürmt sie runter, barfuß, und hängt sich bei mir ein. »Egal wohin, ich komm mit«, sagt sie.

Im Café ist nicht viel los. Nur ein paar alte Damen sitzen in ihrer

Stammtischecke und schwitzen in ihre Strümpfe und auf ihre Tortenstücke. Johann ist nicht zu sehen. Wir lehnen uns an die Theke und spähen in die Küche. Jemand keucht die Treppe vom Keller hoch, aber es klingt nicht nach Johann, weil er immer klingt wie ein schnaufender Braunbär, egal ob er Treppen steigt oder nicht. Laura macht schon Witzchen, dass er dieses Jahr seinen Winterschlaf wohl in Susis Schlafzimmer antreten wird. Ich bin bloß froh, dass Susi jetzt einen ganz anderen Ausdruck im Gesicht hat, wenigstens eine von uns ist gerade ganz glücklich. Meinetwegen wegen eines Bären. Ich muss nur immer aufpassen, dass ich Johann nicht im Gespräch so nenne, weil wir ihn hinter seinem Rücken natürlich längst nur noch als Bären bezeichnen, und für eine solche Enthüllung wäre es definitiv noch zu früh.

Die Tür zum Keller springt auf, und ein Mädchen kommt mit einer Palette voller Dosen raus, die Palette ist sehr schwer, sie kann sie kaum halten. Sie ist schon fast ganz durch die Tür, da stolpert sie, die Dosen rutschen von der Palette und schießen in alle Richtungen davon.

Ich bücke mich und hebe eine auf, die mir direkt vor die Füße gerollt ist.

»Hier.«

Sie steht auf und flucht. Und zwar in meiner Sprache. Sie ist eine Landsfrau!

Dann sagt sie: »Danke.«

»Du sprichst ja meine Sprache!«

Sie hat langes dunkles Haar, das zu zwei festen Zöpfen geflochten ist, und trägt einen langen Rock – der Stoff ist schwer, wie die Röcke von Amina schwer sind, die sie früher getragen hat, vor dem Krieg. Unter dem Rock sehen rote Sneakers hervor. Ihre dunklen Augen sind meinen so ähnlich, dass ich kurz das absurde Gefühl habe, in einen verzerrten Spiegel zu sehen.

»Ich helfe dir«, sage ich, und es fühlt sich seltsam an, meine Sprache mit jemand anderem zu teilen als mit Papa, Mama, Amina, Rami oder Oma. Plötzlich ist es keine reine Familiensprache mehr, sondern etwas Größeres. Wir heben Dose um Dose auf, ein paar sind verbeult.

»Scheiße«, sagt sie.

Laura gesellt sich dazu, bald sind wir fertig, die Palette ist wieder fast voll mit Limodosen.

»Glücklicherweise keine Flaschen«, sagt Laura, bevor sie zwei davonrollenden Dosen in den Gastraum folgt.

»Deine Freundin?«, fragt mich die junge Frau, während sie noch schwer atmet.

Ich nicke. »Das ist Laura. Ich bin Madina. Wie heißt du? Du bist neu hier, oder?«

»Hast du ein Problem damit?« Ihre Stimme wird um ein paar Oktaven eisiger. Ich weiche ein paar Schritte zurück. Das war doch nicht böse gemeint.

»Nein ...«

»Viele haben ein Problem damit«, sagt sie. »Und ich, Becca, habe ein Problem mit denen, die ein Problem damit haben.« Insgeheim bin ich froh, dass sie jetzt bei Johann ist, für den ich die Hand ins Feuer legen kann. Aber es klingt nicht so, als hätte sie nur gute Erfahrungen gemacht.

»Bist du lange hier?«, frage ich.

»Hast du mich hier etwa schon lange gesehen?«

»Woher kommst du genau?«

»Geht dich nichts an.«

»Ich habe doch dieselbe Reise gemacht wie du!«

»Du bist mit denen von hier befreundet.«

Hast du ein Problem damit?, würde ich am liebsten sagen, aber ich beiße mir auf die Zunge. Ich will mehr erfahren und nicht rumstreiten, und vor allem würde ich gerne wissen, wo sie genau herkommt, welche Erfahrungen sie so kratzbürstig reagieren lassen. Sie erinnert mich an meine Tante. An die Version von Amina, bevor sie nach der Flucht, hier in Susis Haus, zu heilen begann. Eine Mischung aus wütend, verletzt, zerbrechlich, im Kampfmodus.

»Was redet ihr da?«, fragt Laura, die zurückgekommen ist mit den zwei Dosen, die unter dem Damenstammtisch zu rollen aufgehört haben, unter den sie kriechen musste, um sie herauszuholen – vorbei an den beige bestrumpften Waden und den weiten Seidenhosen mit Blumenmuster drauf.

»Nix«, schnappt das Mädchen und sieht sie zornig an.

»Zahlen, bitte!«, ruft eine vom Damentisch.

»Sag mal, was hast du für ein Problem?« Lauras Stimme wird lauter. Die andere verdreht die Augen. »Ich habe dir immerhin geholfen.«

»Zahlen, bitte!«, schreit jetzt eine weitere der älteren Damen.

»Ohne Johann geht's hier rund«, stichelt eine andere.

»Komm, Madina, wir gehen«, meint Laura. »Ich hab heute echt keinen Bock mehr auf Torte.«

»Tut mir leid«, sage ich, eigentlich zu beiden, weil mir nichts Besseres einfällt.

Das Mädchen schürzt die Lippen und lässt die Luft zwischen ihnen entweichen wie einen Furz, dreht sich dann zum Damentisch und nickt.

Und zu mir sagt sie noch: »Dein Mitleid brauch ich nicht. Du schämst dich ja, nicht von hier zu sein.«

Wie kommst du drauf?, hätte ich am liebsten gesagt, aber ich finde keine passenden Worte – als hätte ihr Zorn meine Lippen versiegelt.

Während sie die dicke Tasche zückt, in der alle Einnahmen des Tages den Lederbauch wölben, dreht sie sich noch einmal zu mir um. »Ich habe dich im Ort mit deiner Mutter ab und zu gesehen. Mit deiner Oma. Immer schämst du dich für sie.«

Ich fühle mich beobachtet, beinahe ausspioniert, erwischt. Es ist wirklich unangenehm. Ich taumle zur Tür raus, die Glöckchen, die Johann hier hängen hat, seit ich das Café kenne, bimmeln wie verrückt. »Was war los mit euch?«, bohrt Laura nach, als wir schon draußen stehen, ohne Eis, ohne Mineralwasser, ohne Torte, und uns der Schweiß am Nacken entlang unter die T-Shirts rinnt. »Kommt sie aus deinem Land?«

Ich nicke.

»Und was habt ihr geredet?«

Ich schweige. Ich fühle mich, ehrlich gesagt, fast geohrfeigt. Völlig zu Unrecht. Ich verstehe nicht, wieso die so fies zu mir war. Irgendwo lauert die schmerzhafte Erkenntnis, dass ich mich tatsächlich oft für meine Mutter schäme, auch für meine Oma. Dafür, dass sie sich immer noch nicht auskennen, dafür, dass sie sich so anziehen, dass man meilenweit sieht: Die kommen nicht von hier. Dafür, dass sie es gar nicht ändern wollen, so wie ich. Dafür, dass ich immer, immer mitmuss zu allen Behördenwegen, weil niemand gut genug Deutsch kann außer mir. Es fühlt sich an, als hätte man mich ertappt. Es fühlt sich ziemlich scheiße an. Aber dieser Zorn, der mir entgegengeschlagen ist, der fühlt sich auch ziemlich scheiße an. Und so überhaupt nicht gerecht. In meinem Verständnis von Fairness. Ich war nett zu ihr! Was geht sie zum Geier an, was ich wegen meiner Mutter empfinde! Einen feuchten Scheißdreck geht es sie an! Diese arrogante Kuh! Meine Wut kommt, wie die Bahn oft kommt: mit einiger Verspätung.

Und dann sagt Laura: »Die hat doch einen Knall.«

Und ich fühle mich sofort auf den Schlips getreten. Von Laura. Zu meiner eigenen Überraschung. Weil ich nicht weiß, was dieses Mädchen erlebt hat, nicht weiß, warum sie so sauer auf mich ist, aber ich weiß: Wir haben etwas gemeinsam, sie und ich.

»Hat sie nicht«, schnappe ich, und Laura bleibt fassungslos stehen, mit offenem Mund.

Dann faucht sie: »Bist du jetzt irgendwie auf Sadomaso unterwegs, oder was?«

Ich schweige.

»Ich meine, habe ich da was nicht mitgekriegt, stehst du drauf, wenn man dich anblafft?«

Ich schweige immer noch und betrachte meine Sandalenspitzen. Der grüne Nagellack ist an der rechten Zehe abgeblättert.

Laura dreht sich um und stapft mit Wutschritten in Richtung unseres Hauses.

Ist es wirklich unser *Haus?*, frage ich mich in diesem Augenblick und starre auf ihren Rücken, über den ihre erdbeerroten Strähnen fallen. Oder ist es Susis, Lauras und Markus' Haus und ich bin dort nur gnadenhalber geduldet? Und bilde mir nur ein, Teil von dieser Familie zu sein? Mit Markus hat es ja schon nicht geklappt. War es deswegen? Tat ich ihm einfach nur leid, wollte er mich mit seiner Liebe bloß aufbauen? Hatte die neue Kellnerin recht, und ich irrte mich?

Ich hasse diese Gedanken, sie sind bitter verätzt wie Metall in Salpetersäure, sie sind mir fremd, ich habe sie noch nie gedacht, ich will sie nie wieder denken. Sie vergiften mich, vergiften unser Miteinander, vergiften Lauras Zuneigung und meine Zuneigung Laura gegenüber. Das sind ja keine gegenseitigen Almosen. Kein Tauschhandel, Zuneigung gegen Hilfsleistung und so. Das waren nie Almosen. Es war keine milde Gabe. Aber eine große. Die größte, die man geben kann, glaube ich.

Ich schlurfe hinter Laura her. Lauras Geschwindigkeit nimmt nicht ab, jede ihrer Bewegungen drückt ziemliche Wut aus. Wenn wir jetzt einen Wettlauf abhalten würden, würde sie ihn gewinnen, obwohl ich eigentlich beim Laufen immer besser bin als sie. Zorn macht sehr schnell. Weiß ich.

»Die hat dich angefaucht«, sagt Laura nach einiger Zeit. »Und du verteidigst sie?«

Und mir fällt nicht viel dazu ein, weil sie ja recht hat. Dieses Gefühl, dass mich etwas mit der Kellnerin verbindet, das Laura nicht kennt, auch wenn sie unfair war mir gegenüber – dieses Gefühl ist stärker, und ich kann es Laura nicht erklären. Ich kann es nicht mal mir selbst erklären. Aber es ist da. Vielleicht ist es die Flucht, die wir beide hinter uns bringen mussten. Das Fremdsein.

Irgendwann wird Laura langsamer. Irgendwann dreht sie sich um. Und hängt sich bei mir ein. Ich spüre ihre warme Haut auf meiner, ihr Arm passt in meinen wie ein Puzzleteil. Wir kennen uns, wir schätzen uns, ich will das nie wieder anzweifeln. Nie wieder.

Sie holt ihr Handy raus. »Musik?«

Ich nicke.

Laura zückt ihre neuen knallroten Kopfhörer. Wir klemmen uns je einen Stöpsel ins Ohr. Laura hat gerade eine Hard-Rock-Phase, irgendeiner brüllt sich heiser gegen das Schlagzeug die Seele aus dem Leib. »Search and destroy!«

Wir gehen untergehakt nach Hause, aber wir schweigen dabei, als hätten wir Angst, mit den Worten würde sich ein Graben zwischen uns öffnen. Ein großer Graben.

5

Wenn der Krieg vorbei ist, müsste die Post doch irgendwann wieder funktionieren, oder?

*

In der Post war: nichts. Scheißtag. Schon wieder.

*

Meine Mutter und meine Tante sitzen jeden Tag vor dem Fernseher. Es wird nicht mehr viel berichtet. Hier ist das, was für uns noch immer Leben oder Tod bedeutet, nicht mehr so wichtig. Jedenfalls den meisten.

Markus hat gesagt, wenn bis jetzt nichts Supergroßes gekommen ist, dann kommt auch nichts mehr. Es sei denn, jemand wirft noch eine Atombombe oder so. Er hat gesagt, so was nenne man den News Cycle.

Jaja, ich habe schon verstanden, dass er jetzt Publizistik studiert, habe ich darauf gesagt. In einer Mischung aus Wut und Wundern. Wir sind einfach nicht Teil dieser Welt. Dieser Welt, die über Jahrmarkteröffnungen Sendungen macht, wenn nur jemand Wichtiges dabei ist. Wichtig wie: Bürgermeister oder Schauspieler. Aber nicht über einen Krieg jenseits der Landesgrenzen.

»Das stimmt doch so nicht«, hat Markus gesagt und mich umarmt, wohl noch aus Gewohnheit, und ich habe einen Schritt raus aus seiner Umarmung gemacht.

»Verschon mich mit deinen Publizisten-Armen«, habe ich ihm gesagt.

Und er hat gesagt: »Machst du wieder auf Rachegöttin?«, und hat es vermutlich lustig gemeint, aber ich bin raus aus dem Wohnzimmer und habe die Tür laut zugeknallt, so laut, dass Kassandra zusammengefahren ist.

»Was ist mit dir, du erschreckst den Hund!«, hat Laura hinter mir hergebrüllt. Ist ja klar, dass hier alles wichtiger ist als ich. Oder mein Vater.

Ich bin rausgestürmt und in den Wald gelaufen, bis mir die Luft weggeblieben ist, und das heißt, ziemlich tief rein in den Wald – in unserer Klasse bin ich die beste Läuferin.

Und als ich mich an einen riesigen, moosüberwucherten Baum lehnte, um wieder zu Atem zu kommen, fiel mir ein, wie ich mit meinem Papa auf einem moosüberwucherten umgefallenen Baumstamm Rast gemacht habe. Vor zwei Jahren, die mir jetzt wie hundert Jahre erscheinen, so viel war damals anders als heute! Vor zwei Jahren, als mir diese Welt noch so fremd war und Papa so nahe und der Krieg noch direkt als frische Erinnerung in meinem Nacken saß. Wie ich ihm damals jedes Wort unangezweifelt geglaubt habe! Wie er für mich damals ein Fels in der Brandung war, jemand, zu dem ich aufsehen konnte, jemand, der mich beschützte, der so viel mehr über das Leben wusste als ich. Der anderen Menschen das Leben gerettet hatte, Tag um Tag. Der sich in Gefahr gebracht hatte, um zu helfen. Ja, und uns auch. Aber das weiß ich erst, seit wir da sind. Und schon gar nicht von ihm oder von meiner Mutter. Sondern von Amina.

»Ich will, dass du weißt, wie du Ziele erreichst«, hat mein Vater zu mir gesagt, als wir damals weiterwanderten, den Berg hinauf, und ich über meine drückenden Schuhe klagte.

Ich schloss die Augen, holte tief Luft, so, als könnte ich den gesamten Wald inhalieren, mit dem Geruch der Tannennadeln und der Pilze, der wilden Beeren und der verschiedenen blühenden Pflanzen, und war fast wieder dort, mit dem Kopf an seine Brust gelehnt, kein bisschen Rauch in seinem Pullover, weil er da noch nicht heimlich wieder angefangen hatte zu rauchen. Und als er anfing, wusste es dann jeder von uns. Wenn man zu fünft in einem Zimmer lebt, weiß man so was. Da gibt es kein Geheimnis, das sich halten ließe. Jedenfalls kein olfaktorisches. Nur wusste ich da noch nicht, weshalb. Dass er gerade entscheiden musste, ob er geht oder bleibt. Geheimnisse riechen nach nichts, bis es zu spät ist. Danach riechen sie nach Ruß und Rauch.

Ich spürte keine Tränen hochkommen, ich bin da schon wirklich abgehärtet. Sogar diese Erinnerung ist eine schöne, weil es eine Erinnerung an ihn ist. Etwas, das wir gemeinsam hatten. Bevor alles zerbrach.

Ich atmete noch einmal bewusst ein und aus, wie es mir Frau Wischmann beigebracht hat, wenn mir etwas vor Schmerz den Atem verschlägt. Und dann, als ich das alles wieder in einem ruhigen Luftstrom aus mir herausgleiten ließ, als mein Herz ruhiger schlug und ich wieder im Hier und Jetzt angekommen bin, wie von Frau Wischmann verlangt, fiel mir ein: Für meinen Vater habe ich mich auch geschämt. Wie er vor der Schule tobte. Wie er sich einfach nicht und nicht an manche Dinge hielt, die man hier eben so tat. Das ließ mich wieder an die Kellnerin denken. An das Café. Und in dem Moment wusste ich: Ich muss wieder zurück, es zu Ende führen. Unbedingt.

Ich fuhr mir durch die nassen Haare, roch unter der Achsel nach: Ich war so derart voller Schweiß, dass mein Besuch vermutlich eine Zumutung darstellen würde. Egal. Ich habe schon so viel Warten für meinen Vater aufgehoben, dass meine Geduld für anderes einfach nicht mehr reicht.

*

Die Glöckchen bimmeln wie immer. Ich atme tief durch und betrete das Café. Johann steht hinter der Theke wie üblich.

Offenbar ist mir die Enttäuschung deutlich anzusehen, weil er das Bierglas, das er gerade mit höchster Hingabe poliert hat, sinken lässt und sich erkundigt, ob alles okay ist.

Ich nicke. Dabei ist nichts okay. Nichts.

»Wo ist Laura?«, fragt er. »Euch gibt's doch nur im Doppelpack.«

Ich linse an ihm vorbei in die Küche. »Wo ist denn deine neue Kellnerin?«

»Becca? Die gehört nur sich selbst«, schmunzelt Johann. »Ich habe das verdammte Glück, dass sie mir im Sommer aushilft.«

»Ja, Becca.«

Johann nimmt das Glas wieder hoch. »Sie ist hinten im Büro und rechnet den Vormittag ab.« Er räumt das Bierglas zu den anderen, greift unter die Theke und stellt mir meine Lieblingslimo hin. »Hier. Geht aufs Haus.«

Ich stiere die Kohlensäurekügelchen an, wie sie sich vom Boden der Glasflasche lösen und wackelig hochsteigen, um schließlich an der pinken Oberfläche aufzuplatzen. Irgendwann fällt hinten eine Tür zu, und ich höre ihre Schritte, schnell, hart auftretend – sie hat keine Sneakers mehr an, sondern irgendwas mit Absätzen.

Die zerschlissene Army-Tasche lässig über der Schulter, mit knallgrünen Cowboystiefeln, die unter dem Jeansrock hervorragen, die Zöpfe hochgesteckt, tritt sie hinter die Theke. Sie sagt »Tschüss, Johann.« Und dann sieht sie mich. »Hallo.«

Es ist immer noch seltsam, mit jemand anderem als meiner Familie in unserer Sprache zu sprechen, ich bin es absolut nicht mehr gewohnt. Unsere Sprache ist keine Geheimsprache mehr, in der ich Dinge erzählen kann, die niemand außer Mama, Oma und Amina verstehen soll.

Ihr Hallo klingt wie eine Frage.

Ich ringe mir ein Lächeln ab. »Hallo.«

Sie seufzt, macht wieder diese geschürzten Lippen. »Gibt's was?«

»Ja. Ich will mit dir reden.«

»Ich hab's eilig.« Sie wendet sich zur Tür, ich gleite vom Sitz und gehe ihr nach. Sie schlägt zielstrebig einen Weg ein, der aus dem Ort hinausführt. Ich trotte ihr nach.

»Es wäre mir wichtig. Du hast mir einiges an den Kopf geworfen. Ich finde, ich habe ein Recht darauf, das richtigzustellen.«

»Niemand hat ein Recht auf die Aufmerksamkeit von anderen, Baby.«

»Das nicht. Aber auf ein bisschen Fairness schon.«

Sie wird langsamer.

»Hör zu«, sage ich. »Ich weiß nicht, was du erlebt hast. Du weißt aber auch nicht, was ich erlebt habe. Das können wir wohl so stehen lassen.«

Becca schweigt, aber sie wird nicht schneller.

»Ich nehme an, wir haben beide nicht so Schönes erlebt.« Nicht so schön ist eine sehr freundliche Umschreibung, aber was soll's.

Sie dreht sich erstmals zu mir. »Und?«

»Das macht Schmerzen, die bleiben. Oder Scham. Du musst es mir nicht erklären.«

»So?«

Ich weiß, ich habe einen Punktesieg in unserem Duell errungen. »Ich *wollte* hierbleiben. Ich wollte sein wie alle hier. Kein Fremdkörper. Ich *wollte* Teil von etwas sein. Verstehst du?«

»Du bist schon Teil von etwas gewesen.«

Wir gehen eine Zeit lang schweigend nebeneinander her. Dann frage ich: »Wohnst du bei deinen Eltern?«

»Nein.«

»Also wolltest du auch etwas Neues.«
»Sie sind tot.«
Eine hässlich peinliche Stille zwischen uns.
»Entschuldige.«
»Brauchst dich nicht zu entschuldigen. Du hast sie ja nicht umgebracht.« Sie bleibt abrupt stehen. Und schaut mir zum ersten Mal direkt in die Augen. »Ich wäre stolz darauf, bei ihnen zu sein. Ich würde mich niemals für sie schämen.« Und dann schultert sie ihre Tasche und sagt: »Ich gehe jetzt allein weiter.«

Und ich lasse sie gehen, weil ich spüre, dass jedes Nachbohren jetzt sinnlos wäre. Ich sehe ihr nach, wie sie in Richtung unserer ehemaligen Flüchtlingspension marschiert, vielleicht ist es nur ein Zufall, vielleicht nicht, es gibt hier nicht viele andere Möglichkeiten, wo man wohnen könnte, und Busse fahren dorthin auch keine.

Allein weitergehen, das kann ich auch gut, dachte ich bis jetzt gerade eigentlich. Aber mir war gar nicht klar gewesen, wie allein jemand weitergehen kann, weitergehen muss.

Ich schaue zu Boden. Ich war oft sauer auf meine Eltern, weil sie sich wie ein Bremsklotz am Bein anfühlten. Aber ich wollte nie, nie, nie, dass ihnen etwas passiert. Dass wir keinen Kontakt mehr haben. Dass ich nicht weiß, wie es Papa geht. Auch wenn er mir noch so viel verboten und sich bei manchen Dingen noch so falsch verhalten hat.

Als ich wieder hochblicke, ist sie verschwunden.

*

Du warst schon Teil von etwas.

Dieser Satz geht mir nicht mehr aus dem Kopf. Ich schiebe ihn hin und her wie ein besonders hartes Lutschbonbon im Mund, das sich nicht und nicht auflösen will.

»Was ist denn los mit dir?«, fragt Laura. »Du hast den ganzen Abend nichts gesagt.«
Ja, stimmt. Weil ich nicht weiß, was ich sagen soll.

*

Ob Becca jetzt ganz allein in einem kleinen Kämmerchen liegt? Oder noch schlimmer: in einem Gemeinschaftszimmer, zufällig zusammengewürfelt mit Wildfremden? Und die unfreundliche Pensionschefin wieder keine Seife in die Duschen gelegt hat, wie sie das bei uns damals gemacht hat? Und ich traue mich nicht einmal, ihr eine Seife zu schenken, wie Laura mir eine geschenkt hat, weil ich ihren Zorn fürchte, der aus dem Nichts aufzieht wie ein Sturm auf hoher See.

6

Ich drehe durch, weil ich Frau Wischmann so lang nicht erreichen kann. Die ist den ganzen Sommer weg, auf irgendwelchen weit abgelegenen Inseln, damit sie keiner ihrer Patienten erreicht, von denen sie sich erholen muss, um während des Jahres nicht unter fremden Säcken voll Steinen zusammenzubrechen.

Ich wiege innerlich meinen Sack ab, er ist nicht kleiner geworden. Er hat nur ein wenig die Form verändert.

Ich bin eine Sisyphusarbeit für Frau Wischmann, ständig poppt irgendeine neue Scheiße auf, die die vorhergehende toppt. Ich kann echt nichts dafür. Wirklich.

Ich lasse einen abgrundtiefen Seufzer raus, so laut, dass Laura das Messer aus der Hand legt, mit dem sie gerade noch den Mozzarella für das Abendessen geschnitten hat.

Laura legt mir ihren Arm um die Schultern, ich lehne mich an sie, und es ist so schön wie immer. Trotz allem.

Wir schneiden Gurken und Tomaten und Käse zu Würfelchen. Bis Susi, die gerade ihre Basilikumstauden plündert, aus dem Garten raufbrüllt, wo wir denn bleiben. Und vor allem: der Salat.

»Kommt Johann?«, brülle ich runter. Weil Johann sich niemals nie mit einem Salat zufriedengeben würde. Seit wann ernähren sich Bären von Salat?

»Nein! Ich decke nur für uns!«

Das klingt lustig, offenbar ist Johann noch nicht »uns«. Ich frage mich, was dafür nötig ist, um bei Susi »uns« zu werden. Mich hat sie ja eigentlich, ohne zu zögern, sofort aufgenommen, als wäre ich immer schon Teil ihrer Familie gewesen, so, dass auch ich es nie angezweifelt habe.

Später sitzen wir alle wieder im Garten, die Sonne ist noch richtig warm, nur weit hinten über dem Wald hängt eine dunkle Wolke, die morgen für Regen sorgen soll, laut Wetterbericht. Rami versucht, Kassandra heimlich unter dem Tisch mit Käse zu füttern, bis meine Mutter schimpft. Kassandra verträgt keine Milchprodukte.

Ich stochere in meinem Salat herum. Eigentlich liebe ich den. Susi hat ihn ganz oft für mich gemacht, früher. Als dieses Haus nur Susis Haus war, als ich glücklich war, nach der Schule hier zu sein, in einer anderen Welt, so weit weg von meinen Eltern und dem Flüchtlingsheim – ein Satellit, der von der Umlaufbahn abkommt, der sich weiter und weiter vom Funksignal entfernt.

»Denkst du an dein Land?« Markus reißt mich aus meinen Gedanken.

»Ja«, sage ich. »Ich habe heute den ganzen Tag im Netz recherchiert.«

»Ich auch. Sogar einen investigativen Journalisten habe ich angeschrieben. Der hat Aufnahmen, die man im Netz nicht so leicht findet.«

Vermutlich hat ihm unser Streit doch mehr zugesetzt, als ich mir gedacht habe.

»Teile des Landes sind nach dem Krieg noch nicht wieder zugänglich. Andere schon. Die Hauptstadt, größere Städte. Wichtige Verkehrsknotenpunkte. Journalisten sind natürlich vor Ort. Und sogar schon Touristen, eigentlich unglaublich.«

Mein Herz macht einen wilden Tigersprung. »Man kann ganz normal hinreisen?«

Er sieht mich an. »Denke schon. Es wird von einem Politiker berichtet, der vor dem Krieg ins Exil fliehen musste und nun zurückgegangen ist. Und der ist bestimmt nicht zu Fuß durch die Wälder gelaufen so wie du und deine Familie.«

Ich kralle meine Finger um die Gabel.

»Schau«, sagt Markus und streckt mir sein Handy hin. Ein Marktplatz, voll mit Menschen. Ein Mann am Balkon eines Palastes winkt ihnen zu. Ein Zug, aus dem Anzugmenschen steigen, links und rechts flankiert von Militärs, die ebenfalls winken. Und zwischendrin immer wieder Bilder von Männern und Frauen mit Rucksäcken und bunten Hemden, grinsend am Strand. Sie passen nicht dorthin, sie passen nicht zu den anderen Fotos. Der Strand hinter ihnen ist breit und leer und schön. Das Meer hat diese türkisblaue, intensive Farbe wie das Meer in meinen Träumen.

»Die sind doch verrückt«, sagt Markus. »Kein Mensch würde da jetzt hinfahren. Zum Spaß!«

»Zum Spaß nicht«, sage ich. »Viele haben aber noch Angehörige dort.«

Da fixiert er mich, mit einer Mischung aus Sorge und Bewunderung. »Nein. Bitte. Denk nicht mal dran.«

Und ich wische seinen Sorgenblick mit einem Lächeln weg. »Ich lasse meine Mutter nicht allein«, sage ich.

Und erst als ich es ausgesprochen habe, wird mir bewusst, dass ich sehr wohl bereits darüber nachgedacht habe. Nicht konkret, aber ein bisschen. Schwammig wie ein Gespenst kurz vor dem Sonnenaufgang war dieser Gedanke hochgewabert, bevor ich ihn wieder niedergerungen hatte.

Wir räumen ab, meine Tante verschwindet sofort. Sie hat nichts gegessen, Aminas Teller ist blitzblank, als hätte ihn Kassandra sauber geleckt.

Ich gehe wieder raus, in den Garten, in dem die Fledermäuse schon zwischen den Bäumen zu flattern begonnen haben, weil es jetzt die fettesten Mücken zu jagen gibt, bevor der Regen kommt. Die Luft riecht feucht und ein bisschen nach Dschungel. Die runden Solarleuchten glühen auf.

Kassandra hat großen Respekt vor der Dunkelheit, sie streicht um meine Füße und entfernt sich nicht von dem Lichtkegel, in dem wir sitzen. Irgendwann schreit Rami nach ihr, weil er ohne sie nicht mehr schlafen gehen will, und sie folgt ihm artig ins Haus hinein.

Der Tisch ist schon fast abgeräumt, nur noch unsere Gläser stehen halb voll da, und die Tischsets liegen noch herum. Als ich die Tischsets raufbringe, erwische ich Susi im Bad. Susi sprüht sich mit ihrem neuen Blumenparfum ein und schminkt sich.

»Viel bärigen Spaß«, sagt Laura beiläufig, als sie die Gläser an ihr vorbei in die Küche schleppt, und es klingt fast nicht mehr angefressen. Ich wollte früher immer so sein wie sie. So wild. So frech. So unbeschwert. Aber ich werde nie so sein. Egal. Ich werde eben sein, wie ich bin. Und sie genauso bewundern wie früher.

Als die Nacht tintenblau über die Bäume gefallen ist und man die Fledermäuse nicht mehr sehen kann, sitze ich immer noch mit Oma in der Hollywoodschaukel, die Solarleuchten glimmen wie riesige Glühwürmchen, der Abendstern steigt höher und höher, die schmale Mondsichel ist bald deutlich zu sehen. Oma strickt warme Socken. Mitten in der Hitze!

»Warum machst du das?«, frage ich sie.

»Weil du sie brauchen wirst, wenn es kalt wird.«

Die Stricknadeln bewegen sich in einem rhythmischen Tanz, ich höre das leise Geräusch, das sie beim Zusammenstoßen erzeugen und völlig unpassend dazu die Grillen in den Blumenbeeten, die mit Hingabe vor sich hin sägen. Wir schweigen.

Irgendwann halte ich es nicht mehr aus und frage: »Was denkst du, kommt Papa wieder?«

Die Nadeln tanzen weiter, als ob ich nichts gesagt hätte. Dann seufzt sie. »Das wird allein Gott entscheiden, Madina.« Und strickt ruhig weiter.

Nein, denke ich beim Einschlafen. Das wird nicht Gott entscheiden. Sondern die Menschen dort, wo der Krieg aus ist. Und dann steigt wieder dieser Gedanke in mir auf. So intensiv und wild wie noch nie zuvor. Ja. Die Menschen drüben. Und vielleicht auch: ich.

*

Laura weckt mich aus unruhigem Träumen und schleppt mich rauf in ihr Zimmer mit dem Versprechen einer schönen Überraschung.

Die Überraschung besteht offenbar aus frischen Frühstücksbrötchen, goldgelber Butter, Fruchtaufstrichen, die wir aus den Erdbeeren und Himbeeren im Garten selbst eingekocht haben, und einer Kanne Kaffee. Der Kaffeeduft zieht verführerisch um meine Nasenlöcher.

Ich wäre eigentlich immer glücklich über so was, im Augenblick ringe ich mir jedoch ein Lächeln ab, um sie nicht zu kränken.

»Da, nimm«, nuschelt Laura mit vollem Brötchenmund. »Und trink, solange er noch richtig heiß ist!«

»Was hast du da hinten aufgebaut?« Nach dem zweiten Kaffee erkenne ich das übliche Laura-Arsenal: Farbflaschen und Bleichmittel in verschiedenen Fläschchen.

»Wir machen ein Experiment.«

»Vergiss es, ich färbe meine Haare nicht, und ich blondiere sie mir auch nicht kaputt!«

»Wer sagt, dass das für dich ist?«

»Du hast dir doch gerade erst die Haare gefärbt! Lila UND Rot! Was willst du denn jetzt noch ändern? Es ist doch gut so, wie es ist.«

Laura grinst wissend wie eine weise Hexe. »Wer redet von Kopfhaaren? Ich färbe mir die unter den Achseln!«

»Laura. Echt jetzt.«

»Na was, ich will das ausprobieren. Und ich brauche deine Hilfe.«

Ich seufze und freue mich, dass Laura es bei den Achselhaaren belassen will, wenigstens momentan.

Sie steht da in einem alten BH, um den es nicht schade ist, mit über dem Kopf verschränkten Armen, sie lacht, und ich muss an Soldaten denken, an Menschen, die sich ergeben – ein Bild, das so überhaupt nicht zu dem Bild passt, das Laura von der ganzen Sache hat. Für sie bedeutet das hier Rebellion und Spaß und für mich ... eben etwas anderes. Eine große, unnötige Blödsinnigkeit.

Ich trage das Bleichmittel vorsichtig auf ihr helles Haar in der zarten Achselhaut auf, dasselbe Dunkelgold, das ich schon bei Markus so umwerfend sexy fand. Nur dass er es nicht weiß bleichen wollte.

»Es juckt, es juckt!«, kreischt Laura.

»Was machst du auch so einen Schwachsinn«, sage ich.

Laura winkt ab. »Du bist ja strenger als meine Mutter.«

Als das Achselhaar den silberweißen Ton angenommen hat, der Laura genehm ist, pinseln wir es mit dem heftigsten Fuchsienpink ein, das Laura hat finden können. Nach dem Auswaschen föhnt sie es noch trocken. »Ich befreie meinen Geist und Körper.«

»Du spinnst doch einfach nur!« Wenn sie jetzt die Oberarme hebt und senkt, leuchtet es in ihren Achselhöhlen auf wie Drachenaugen. Oder Schmetterlingsflügel aus einem utopischen Wald. Nein, ich hab's: flauschige Babyflamingos.

*

Ich möchte noch mal mit Becca sprechen und trotte zum Marktplatz. Sie steht in knallroter Tunika und mit ebensolcher Schleife im Haar an der Bar, Johann kocht im Küchenbereich. Sie grüßt mich kurz angebunden.

Ich bestelle mir eine Cola. Sie stellt mir die Cola hin, dreht sich geschickt weg, als ich ein Gespräch eröffnen will, und würdigt mich dann keines Blickes mehr.

*

Am Nachmittag stelle ich Amina und versperre ihr den Weg aus dem Bad raus. »Was war das in deinem Rock?«, frage ich.

»Ich möchte jetzt nicht darüber sprechen.« Sie zieht sich zum Fenster zurück und schlingt die Arme um ihre eigenen Schultern.

»Du hast mir versprochen, dass wir drüber reden«, werfe ich ein.

Dann sagt sie so leise, dass ich es kaum hören kann: »Das war meine Hoffnung, nach Hause zu kommen.«

Ich verstehe gar nichts. »Was? Wie? Du wolltest zurück? Du?« Immer hatte Amina betont, wie wichtig es für sie war, dort wegzukommen, wie überlebenswichtig ihre Abwesenheit von daheim war. Ich weiß, dass zu Hause etwas Schreckliches passiert ist, mit ihr, mit ihrem Mann. Ich weiß, dass mein Vater nicht unschuldig daran gewesen ist. Ich weiß, dass sie sich hassten, bis er ging, dass sie erst nach seiner Abreise aufzublühen begann, wieder zu ihrer Kraft gefunden hat.

Sie schließt die Augen, als ob sie nur weiterreden könnte, wenn sie mich nicht sieht.

»Natürlich habe ich oft daran gedacht zurückzugehen. Ans Grab meines Mannes.« Ihr Mund kriegt diesen fürchterlichen harten Zug, seitwärts nach unten verzogen. Als sie die Augen wieder öffnet, flackert etwas darin, das mir Angst macht. »Und um nach dem Rechten zu sehen.«

»Würdest du nach Papa sehen wollen, wenn du dort bist?«, frage ich.

Sie sieht mich prüfend an. »Er ist mir vieles schuldig geblieben.« Dann seufzt sie, und mit der Luft scheint auch alles seltsam Hasserfüllte aus ihrem Körper zu strömen. Sie sieht wieder müde und traurig aus. Dann seufzt sie. »Aber du, du hast mehr Grund dazu als ich.«

Ich atme so ruckartig aus, dass es pfeift. Als ob sie gespürt hätte, was mir vorschwebt.

Ich verstehe: eigentlich immer noch gar nichts. Außer der Tatsache, dass wir trotz aller Seltsamkeiten Kampfgefährtinnen sein könnten. Vermutlich sein müssen. Falls ich wirklich nach Papa suchen will. Und es auch wage. Meine Mutter wird mich niemals gehen lassen. Niemals. Aber Amina sieht das vielleicht anders.

»Und das Ding, das du aus deinem Rock gezogen hast? Warum hast du es verstecken wollen?«

»Die Goldkette ist ein Erbstück meiner Mutter. Damit wollte ich sicherstellen, dass ich wieder zurückfahren kann.« Ihre Schultern sinken ganz hinab, drehen sich nach vorne wie Flügel eines verletzten Raben. »Ich habe mich dafür geschämt, dass ich verschwiegen habe, noch etwas so Wertvolles zu besitzen. Und es nicht mit euch geteilt habe.« Dann drängt sie sich an mir vorbei. Unsere Gesichter ganz kurz ganz nahe in der engen Küche, zwei fahle Monde mit dunklen Augenbrauen. »Aber ich habe auch mein Leid nicht mit euch geteilt.«

*

Am Abend liege ich mit Laura auf dem Sofa in ihrem Zimmer, sie hält mich ganz fest in ihrem Arm, und wir sehen uns eine dümmliche romantische Komödie an. Und ich liebe sie für jeden einzelnen blöden Witz, den sie dazu macht. Und für jeden giftig grünen, nach Chemie mit Zitronensaft schmeckenden Gummifrosch, den sie mir nach jedem Witz zusteckt. Gummitiermassaker de luxe.

Markus wird morgen wieder fahren, dann gehört mein neues Zimmer wieder mir. Ich denke an ihn und bin kurz traurig. Traurig, dass es nichts geworden ist mit uns, traurig, dass ich ihm nicht die Wahrheit sagen kann.

Und dann schleiche ich mich zu Markus und küsse ihn. Es fühlt sich furchtbar falsch an.

Er fährt sich völlig durcheinander über die Lippen und fragt: »War das eine gute Idee?«

Und ich schüttle den Kopf. Eine gute Idee bestimmt nicht. Aber eine wichtige. Es gibt keinen Weg zurück. Nicht zu Markus. Nicht zu meinem Nichtwissen. Nicht zu meiner Tatenlosigkeit.

*

In der Nacht kann ich stundenlang nicht schlafen. Ich gehe in den Garten, setze mich in die Hollywoodschaukel und sehe in den Sternenhimmel, in den leuchtenden Nebel der Milchstraße, und suche dort nach meiner Zukunft wie so eine weise Hexe und finde im Unterschied zu dieser exakt nichts, was mir Antwort geben könnte.

7

In der Früh sucht mich Amina auf, als ob sie meine nächtlichen Quälereien gespürt hätte.

»Ich mache dir einen Vorschlag. Wir beide. Wir fahren.«

»Und Mama?«

»Der sagen wir nichts.«

»Du willst einfach abhauen?«

»Wer nicht wagt, der nicht gewinnt.«

»Mama wird durchdrehen.«

»Das ist aber die einzige Möglichkeit«, sagt Amina. »Du hilfst mir mit der Reise. Ich dir mit dem Wegfahren. Wir tun, was zu tun ist. Und kommen zurück.«

»Ich habe doch gar kein Geld für ein Ticket.«

Sie lächelt mich an. Das erste Mal seit langer Zeit. Und holt ein Bündel Geldscheine aus ihrer Tasche hervor.

2500 Euro. So viel war Aminas antike Goldkette wert. Ich habe noch nie so viel Geld besessen.

Ich glaube zu wissen, dass nicht nur Mama und Susi, sondern auch Frau Wischmann heftig gegen unsere Idee wären. Zum ersten Mal denke ich, wie gut es ist, dass Frau Wischmann nicht da ist, obwohl ich sie vermisse. Ich will nicht mit ihr darüber reden. Es ist meine ganz eigene Revolution, es fühlt sich an, als würde der Zug, der mich sicher ins neue Leben bringen sollte, kurz vor der Endhaltestelle entgleisen, weil ich plötzlich die Notbremse betätige.

Ich kann das Sommerloch nutzen, um unbemerkt zu verschwinden. Keine Behörde wird Fragen stellen. Und die Schule auch nicht. Es ist Urlaubszeit.

*

Wir sitzen beim Abendessen, ich versuche, so zu tun, als ob alles normal wäre. Meine Oma schenkt meiner Mutter eine Tasse Tee ein, als ob das ein Allheilmittel wäre – gegen alles. Meine Mutter klammert sich wieder einmal an der blauen Porzellantasse fest wie an einem Rettungsring. Das ist die Tasse, aus der mein Vater immer getrunken hat. Damals hatte sie ihm diese Tasse gereicht wie einen Rettungsring. Und er hatte sich daran geklammert. Die letzten paar Mal hat er sie allerdings nicht mehr angerührt, da trieb er schon zu weit draußen im offenen Meer.

Meine Mutter hält also Papas Porzellantasse, ihr Ehering hebt sich golden vom Blau ab. Sie hat ihn kein einziges Mal abgelegt, seit Papa weg ist, nicht mal, als ihre Finger in der schwülen Hitze anschwollen und er in die Haut ihres Fingers einschnitt. Jetzt tupft sie sich den Augenwinkel mit dem Ärmel ihres Kleides ab. Die Geste ist so vertraut, dass es mir fast fehlen würde, wenn sie plötzlich damit aufhört. Die Tränen verstecken, lächeln, weitermachen. So wie wir alle, Mama. So wie wir alle.

*

Weggehen. Papa finden. Und wiederkommen. Ja, das habe ich eigentlich vor. Ein anderer Ausgang ist in meinem Kopf nicht existent. Ich habe diesen anderen Gedanken keine Wohnberechtigung gegeben. Nicht einmal ein Besuchsrecht.

*

»Zeig mir doch noch mal die Fotos von diesem Journalisten«, habe ich zu Markus gesagt, bevor er wieder in die Stadt fuhr, in der er studiert.

Er hat mich alarmiert angesehen. »Wozu? Du wärst wahnsinnig, auch nur daran zu denken.« Es schwang echte Verzweiflung in seiner Stimme mit. »Du würdest dich total in Gefahr bringen. Du wärst um nichts besser als dein Vater!«

Er klang wütend, ich kenne diese Wut, sie wird aus Sorge geboren und dem Unmut darüber, dass das Gegenüber einen maximal beunruhigt. Ich habe wohl nicht anders geklungen, damals, als mein Vater ging. Vielleicht hat Markus ja recht.

Markus gegenüber habe ich aber behauptet: »Ich habe doch nicht gesagt, dass ich fahre – wie kommst du darauf?«, und die Lüge tut mir weh. Ich habe ihn noch nie angelogen. Jetzt ist er fort, und ich habe wieder mein neues und sein altes Zimmer ganz für mich allein.

*

Ich brauche meinen Pass. Sonst komme ich exakt nirgendwohin. Unsere Dokumente liegen alle in dem Tischchen mit dem Spiegel drauf, das Mama von Susi geschenkt bekommen hat – ein Erbstück von einer ihrer Tanten, das so gar nicht in Susis Wohnung passt: zu dunkel, zu klobig. Ich finde das Holz schön, es ist glatt und gemasert. In der größten Schublade steckt ein hübscher Metallschlüssel.

Ich öffne sie: unsere Unterlagen, Vorladungen, Krankengeschichten fein säuberlich nach Namen geordnet. Ein Kalender vom vorigen Jahr, in den die Namen meines Vaters, meiner Oma, meines Onkels, meiner und Ramis mit einem schönen roten Herz versehen an den jeweiligen Geburtstagen eingetragen wurden.

Mama versucht, das Chaos ihres Lebens in ihrem kleinen Tischchen in Schach zu halten. Briefmarken, Stifte, Briefumschläge. Und dann: unsere Pässe. Mamas. Omas. Meiner. Und der Pass von Papa. Das gibt mir einen fürchterlichen Stich. Er hat ihn nicht mitgenommen. Er hat offenbar nie damit gerechnet, ihn zu brauchen. Um wieder zurückzukommen. Ich zupfe beide Pässe schnell aus der Schublade und drehe den Schlüssel wieder im Schloss. Meine Hände zittern.

*

Ich packe. Heimlich. Ich nehme ein Stück meines alten Lebens mit, und um Gleichgewicht zu halten, nehme ich ein Stück meines neuen Lebens mit. Stück für Stück in einem seltsamen Tetris-Spiel. Nur um meine Ängste auszutricksen. Der silberne Anhänger in Form einer Hand mit dem Lapislazuli-Stein darauf, den mir meine Oma geschenkt hat, bevor wir geflüchtet sind. Das Tagebuch, das mir Susi geschenkt hat für dieses Jahr, schon mein drittes. Schmal, elegant, irgendwie erwachsener als die beiden anderen mit ihrem Samtbezug und den verspielten Schlüsseln. Ich fühle mich nicht mehr verspielt, also passt es. Meine allererste Jeans, die ich letztes Jahr zum Geburtstag geschenkt bekommen habe. Die ist für mich etwas ganz Besonderes, mein Vater hat mir nie erlaubt, Hosen anzuziehen. Nie. Und Mama hat echt lange dafür gebraucht, es endlich zuzulassen.»Du willst die doch nicht öffentlich tragen, wenn du drüben angekommen bist«, hat Amina besorgt gesagt, als sie zu mir ins Zimmer reinsah.

Ihr Koffer liegt jetzt versteckt unter meinem Bett. Morgen geht's los. Im Morgengrauen.

*

Natürlich habe ich Angst. Fürchterliche Schisserinnenangst.

*

Ich hab nicht nur Schisserinnenangst, sondern auch heftigen Durchfall.

*

Ich stehe mitten in der Nacht auf, raffe meine Decke um mich wie Dracula seinen Mantel und schleiche mich zu Laura. Sie öffnet mir schlaftrunken ihre Tür, ihren Arm und ihr Bett. Ich kuschle mich an sie, suhle mich in ihrem Laura-Duft, so vertraut und warm, dass ich doch noch einschlafe, während sie mich wie ein Baby im Arm hält. Ihre Achselhaare sind echt lang und flauschig und pinkest, sie riechen immer noch nach dem Färbemittel und nach dem Pflegeshampoo.

In der Früh klingelt der Wecker, Laura schlägt mit der Faust drauf mit den Worten: »Jetzt bist du tot«, und mir wird ganz kurz ganz schlecht.

Und dann halte ich es nicht mehr aus. Sie ins Messer laufen zu lassen wäre so unfair unserer Freundschaft gegenüber. Und ich sage ihr, dass ich abhauen werde.

Laura setzt sich im Bett auf, wacht auf von null auf hundert. »Nicht dein Ernst, Madina. Bitte bleib!«

»Ich kann meinen Vater nicht aufgeben«, flüstere ich. Und dann: »Versprich mir, dass du mich nicht verpfeifst, Laura.«

Ich weiß, ich verlange wirklich viel von ihr. Echt viel.

*

Laura ist ungewohnt still. Sie sitzt auf der letzten Stufe vor dem Eingang, ihre Haare leuchten violett und rot. Sie sieht ein bisschen aus wie eine Blume in Jeans, eine geknickte. Sie weint nicht. Sie will mir kein schlechtes Gefühl machen.

»Hey«, sagt sie. Und bricht dann ab.

Ich kenne ja solche Szenen gut, für sie sind sie eher neu. Laura tut mir leid. Die ersten Male schmerzen am meisten. Wenn plötzlich wie ein Nebelschleier diese Gewissheit reißt, dass alles so weitergehen wird wie immer. Dass der Alltag eine sichere Sache ist. Etwas, das man nicht anzweifeln muss. Ein perfektes Ei mit sprungloser Schale.

Ich setze mich zu ihr und hoffe, dass Rami nicht durch die Haustür stürmt, ohne zu schauen, wie üblich, eine Karambolage brauche ich jetzt wirklich nicht.

»Hey«, sage ich. Und umarme sie, sie riecht ganz nach Laura: ein bisschen nach Pfirsich. Sie ist so durcheinander, dass sie vergessen hat, eines ihrer grauenhaften Parfums aufzutragen – das eine stinkt wie eine Mischung aus einem Biss ins Eisen und einer Schokokruste auf verfaulter Rose, das andere nach Erdbeerkaugummi mit Wodka. Glück im Unglück. Habe ich oft.

Sie lehnt den Kopf an meine Schulter. »Wehe, du kommst nicht mehr zurück«, sagt sie. »Dann mach ich dich fertig.«

»Ich bin bald wieder hier«, sage ich.

Ich bin den ganzen Tag besonders lieb zu meiner Mutter, zu meiner Oma, sogar zu Rami, ich werde ihnen wehtun und ich kann es nicht vermeiden. Meine arme Mama. Ich wünschte, es gäbe einen anderen Weg.

Gegen Ende des Abends wird Mama misstrauisch. »Was ist denn heute los mit dir«, sagt sie.

»Ich habe dich lieb, Mama«, sage ich und mache sie noch nervöser.

*

Ich schlafe in Lauras Arm, bis der Wecker um fünf läutet.

Meine Tante steht am Gartentor und schaut auf die Uhr. Ihr Haar glänzt hennarot im Laternenlicht. »Leise«, flüstert sie. Sie hat sich schön gemacht. Ihr bestes Kleid angezogen.

»Warum hebst du dir das nicht für später auf?« Sie sieht mich verständnislos an.

»Weil ich meinen ersten Schritt auf den Boden dieses Landes so stolz wie möglich setzen will.« Sagt es, als wäre das vollkommen selbstverständlich. Sieht mich an, als ob ich ein bisschen blöd wäre.

Mir wird erst nach und nach klar, wie lange sie das geplant hat, wie genau sie Schritt für Schritt durchgegangen ist, vom Öffnen ihres Koffers in diesem Land, in Sicherheit. Bis zu der Ankunft dort, wo wir so lange nicht mehr waren. Für mich ist das Land von früher weiter weggerückt mit jedem Monat, den ich hier verbracht habe, mit jeder neuen Freundschaft, mit jedem neuen Wort, das ich lernte. Amina aber blieb fest damit verwachsen, die Fasern, die sich zwischen ihr und der Vergangenheit spannen, sind dick und robust wie Drahtseile, während meine zu Spinnwebenfäden geworden sind, die am Ende des Sommers silbern durch die Luft schweben, bis man so geblendet von der Sonne ist, dass man die Augen schließt, und wenn man sie wieder öffnet, sind sie weitergezogen und nicht mehr da.

Ich mache das Gartentor auf, das wir letztes Jahr gegen den tobenden Mob verteidigt haben, meine Lehrerin King, meine Tante und ich. Bis Johann mit Verstärkung kam. Kann mich gut an das Schwingen und Kreischen des Metalltors erinnern, an die Stimmen auf der Straße, an den Widerschein einer Fackel in der Dunkelheit. An das blaue Leuchten der Polizeiautos, an die Durchsagen.

Das Tor geht schwungvoll auf, lautlos, Johann hat die Scharniere geölt. Als ich durchgehen will, stürmt Laura plötzlich aus dem Haus.

»Versprich mir, dass du in einem Stück wiederkommst, sonst lasse ich nicht zu, dass du gehst!«

Ihre Arme fliegen um mich, diese schöne, vertraute Nähe, die ich so sehr vermissen werde. Ich drücke sie an mich, lege mein Gesicht an ihrer Schulter ab wie immer.

»Ich will mit dir kommen«, flüstert sie. Dann sieht sie mich das erste Mal direkt an. »Wie du mit mir nach Venedig.«

»Es war schön, mit dir in Venedig zu sein«, flüstere ich zurück. »Aber das hier wird nicht schön, Laura.«

Ihre Kuppel gefühlter Sicherheit, die sich über ihre Welt spannt, darf nicht zerbrechen. Vielleicht hat die Kuppel schon Kratzer und Einschläge überstehen müssen, denke ich. Wie so kleinere Sternschnuppen- oder Meteoriteneinschläge. Vielleicht hat sie sogar einen Sprung. Aber sie ist da. Noch intakt. Und ich stecke immer noch in der Wiederaufbaupause der meinen. Zweite Kuppel aus den Scherben der ersten. Ich bin die Meisterin des Wiederaufbauens. Ich habe meine Mama wiederaufgebaut und meine Tante und meinen Bruder. Nur wenn ich selbst etwas brauche, ist irgendwie immer bloß Laura für mich da. Von den Eskapaden letztes Jahr mal abgesehen. Ich hätte sie so, so gerne dabei. Ich breche wirklich nicht gerne ohne sie auf. Wirklich nicht. Aber nie im Leben würde ich sie gefährden wollen. Soll doch wenigstens eine von uns eine gewisse Grundruhe bewahren. Ich wünsche es mir jedenfalls.

»Scheiß dich nicht an«, sagt Laura, noch leiser. »Wir gehören zusammen, oder?«

»Laura, das weißt du doch.«

Und ich will nicht, dass sie noch mehr weiß, die gleichen Dinge weiß, wie ich sie nicht mehr vergessen kann. Sie weint doch schon bei toten Vögeln, die im Wald auf der Lichtung liegen.

Was erwartet wohl mich, wenn ich die Grenze überschreite? Der Krieg ist vorbei, sag ich mir dann. Der Krieg ist vorbei! Ehrlich gesagt, ich wäre sonst gar nicht aufgebrochen. Da kann die Hoffnung noch so groß sein. Ich bin ja nicht wahnsinnig, nur sehnsüchtig.

*

Ein Krieg ist nie vorbei, das weiß ich jetzt. Er kriecht den Menschen, die ihn überstanden haben, unter die Haut wie Stacheldraht und Kugeln, er breitet sich im Blutstrom aus, dunkel und kalt, er vergiftet weiter und weiter und weiter. Und wer ihn überwinden will, der muss Stacheldrahtstrang um Stacheldrahtstrang aus seinen Adern ziehen, über den Abgrund schreien, der zwischen denen, die nach der großen Explosion noch da sind, liegt.

Teil 2

Dazwischenstromland

8

Meine Tante singt am Bahnhof, und alle sehen uns an, und es ist mir schon wieder unangenehm, Becca hin oder Becca her. Ich mag das nicht, wie die uns ansehen.

*

Meine Mutter ruft an. Sie hat wohl meinen Brief in der Küche gefunden. Ich lasse es klingeln. Dann kommt eine verzweifelte Nachricht. Ich rufe zurück. Halb schuldbewusst, halb störrisch.
»Was machst du?«, schreit sie weinend ins Telefon. »Was glaubst du, was das bringt? Komm zurück!«
Ich kann nicht mehr tun, als ihr zu versichern, dass ich es schaffen werde.
Sie weint. Dann sagt sie noch: »Susi will zur Polizei. Du bist doch noch nicht volljährig.«
Wir sind noch nicht weit genug weg, wenn die mich jetzt suchen. »Bitte rede ihr das aus«, sage ich. »Ich brauche diese Chance. Papa braucht sie.«
Sie weint einfach nur in den Hörer hinein, hilflos.
»Wenn du es mir erlaubst, kann die Polizei gar nicht nach mir suchen. Wenn du es mir nicht erlaubst, tauche ich unter.«
Amina hört mir mit ungerührter Miene zu. Dann nimmt sie mir das Handy weg. »Sie ist mit mir unterwegs«, sagt sie. »Ich werde gut auf sie aufpassen.«

Meine Mutter schreit sie so laut an, dass ich es problemlos verstehe: »Zieh sie da nicht rein!«

Und Amina legt einfach auf.

Meine Mutter tut mir furchtbar leid.

*

Der Bus ist halb leer, wir haben viel Platz.

Draußen ziehen die Autobahnlichter an uns vorbei wie Sterne am Raumschiff. Wir sind knapp vor einem Raum-Zeit-Sprung. Ich kuschele mich in meinen Kapuzenpulli, der nach Lauras Parfum stinkt, weil alles in ihrem Zimmer nach ihrem Parfum zu riechen beginnt, unweigerlich. Ich sehe zu Amina hinüber, so ungewohnt nah, wie sie mir jetzt ist, ist mir sonst nur Laura. Sie hat ihren Zopf nicht gelöst, wie sonst im Schlafzimmer, er hängt wie eine Schlange über ihre Schulter, nah am hellen Hals, rot glänzend, bereit zum Biss. In ihren Augen spiegeln sich Scheinwerfer vorbeifahrender Autos.

»Weißt du, was uns erwartet?«

Sie schüttelt stumm den Kopf.

Eine Ortschaft weiter von unserem alten Haus wohnt der Nachbar meiner Oma, Mani, dessen Frau sie ihre Hühner anvertraut hat. Omas Nachbarin ist inzwischen tot, weil sie ihre Ziege aus einem Minenfeld holen wollte, aber Mani soll noch dort leben. Wir müssen ihn finden. Als Allererstes. Oma hat meinen Vater dort das letzte Mal gesehen.

Fang da an zu suchen, wo du das letzte Lebenszeichen gesehen hast, hat mein Vater mir immer gesagt. *Fang da an, wo die letzte Spur hinführt.* Ich habe von ihm gelernt, sage ich mir. Ich habe gelernt, wie man stark ist. Wie man Dinge erledigt. Wie man Wege geht. Ich kann das. Ich kann das!

Ich denke an die Straße vor unserem Haus: roter, heißer Sand. Ich habe ihn so lange nicht mehr gesehen. Fast augenblicklich schießen andere Erinnerungen hoch: der Geruch von reifen und überreifen Früchten in überquellenden Gärten. Und ein Meer von Rosen vor dem Haus meiner Großmutter. Rosenblätterfluten, wenn sie im heißen Wind verblühten. Oh, wie ich das vermisst habe, Krieg hin oder her.

Es bimmelt. Ich sehe auf meinem Handy nach: Laura hat ein Foto geschickt. Ich und Laura, in fester Umarmung, hübsch geschminkt, über uns eine Discokugel. Lichtflecken auf Wänden, Decke, unserem Haar. *Vermisse dich jetzt schon*, steht da. Eine andere Welt. Ich verlasse sie mit einem weinenden und einem weit offenen Auge.

*

Die Nacht verbringen wir auf einem Bahnhof, der nächste Bus geht erst um fünf Uhr in der Früh. Wir sitzen in der Halle und trinken Kaffee aus Pappbechern. Laura hat mir Unmengen an Schokolade mitgegeben, als Schutzschild, hat sie gesagt. Es ist heiß, ihr Schutzschild ist jetzt halb flüssig und schmilzt an meinen Fingern. Ich habe keine Taschentücher mehr und lecke sie ab.

Ich rufe Laura an, sie hebt natürlich nicht ab, und ich rede ihr auf die Mailbox. Dumme, lustige Sachen.

Eine Katze streunt vorbei und reibt sich an meinem Bein, ich muss an Kassandra denken und fast heulen. Ich will sie bald wiedersehen. Und Laura. Und alle anderen.

Meine Tante sieht mich auf das Handy starren und sagt: »Denke nicht an die, die auf dich warten. Das hält dich nur auf.« Sie trinkt den letzten Rest Kaffee aus. »Wir sind jetzt ein Team. Ein Kommando. Wir müssen wachsam sein. Und uns aufeinander verlassen können.« Ich sehe sie entgeistert an. So was hat sie mir noch nie gesagt. »Traurigkeit lenkt dich ab. Ballast über Bord, Madina.« Und sie steht auf und wirft den Pappbecher mit einer gnadenlosen Präzision in den Abfalleimer.

Die Katze trollt sich hinaus. Draußen wird es langsam hell. Die Nacht verzieht sich nach und nach, der Morgen schiebt sie weg. Von einer Kulisse in die nächste. Mir dämmert sehr unangenehm, dass die Heimholung meines Vaters für Amina definitiv keine Priorität besitzt. Wir sind ein Team, aber ein Team mit verschiedenen Zielsetzungen. Sie sucht etwas anderes dort als ich.

»Hast du mir wirklich alles gesagt, Amina?«, frage ich. »Gibt es etwas, das ich wissen sollte, was du planst?«

»Den alten Freund deiner Großmutter finden. So wie du.« Sie sieht zu schnell weg, um mich wirklich mit dieser Antwort zufriedenstellen zu können.

»Du suchst noch etwas anderes dort«, sage ich. Und versuche, ihr weiter direkt in die Augen zu blicken. »Du sagst, wir sind ein Team. Gut, okay. Dann müssen wir uns gegenseitig vertrauen können. Verstehst du?«

Sie hält meinem Blick stand.

Ich stelle mir vor, dass mich plötzlich durch Aminas vertraute dunkle, schöne Augen eine uralte Echse anblickt, deren Lider nie zucken. Ich hasse dieses Gefühl. Wir sind mitten im Niemandsland, ich bin allein mit ihr, wir müssen noch viele Tage gemeinsam bewältigen. Ich kenne sie, ich mag sie. Sie hat mit mir unser Haus, Oma und Rami und Laura verteidigt. Sie ist doch furchtlos. Sie ist doch stark. Gerade macht sie mir aber Angst.

»Ich muss zu Timurs Grab«, sagt sie dann, und ich glaube ihr das auch. Aber. Es bleibt ein Aber in mir. Es klingt ausweichend. Es klingt nicht nach der ganzen Wahrheit.

Ich zähle die Tage ab, die wir noch fahren. Es wäre unklug, schon jetzt zu streiten. Ich gehe im Kopf durch, wie Amina aufgebrochen ist: ihr schönes Kleid, ihr glänzender Zopf, das war kein modischer Aufputz. Das war das Anlegen einer Kampfrüstung.

»Komm, der Bus ist gleich da«, sagt sie und schultert ihren Rucksack.

*

Manchmal fährt ein Bus ab, bevor wir ihn erreichen. Manchmal hält er in einem anderen Ort als gebucht. Die Verbindung mit dem Handy ist oft sehr schlecht. Ich habe mich daran gewöhnt, mich selten zu waschen und viel auf abgewetzten Sitzen in diversen Verkehrsmitteln zu sitzen. Es ist immer noch eine sehr komfortable Reise, verglichen mit dem Weg von zu Hause in die Sicherheit. Zu Fuß. Durch Wälder, Schluchten, Bäche.

Die Augen der Wölfe in der Finsternis. Die Menschen, die zurückgeblieben sind, weil sie einfach nicht mehr konnten. Wie ich mich hinsetzen wollte, schlafen. Durfte ich nicht. Wie ich bei einer Rast meine Jacke neben dem Lagerfeuer vergessen habe, weil ich zu erschöpft war, um das Fehlen rechtzeitig zu bemerken. Wie mein Vater mir seine Jacke gegeben hat und im Pulli weiterging, den meine Mutter für ihn gestrickt hatte, in besseren Zeiten.

Dieser Pulli, der nach einer Mischung aus Zigarettenrauch und Papa gerochen hat. In den langen Nächten, in denen wir wussten, dass nicht alle unsere Patienten den Morgen erleben würden, hat der Pullover noch heftiger nach Rauch gerochen als sonst.

Und Papa saß, wenn es nicht gerade Bombenalarm gab, draußen hinter unserem Haus und sah in den Himmel, als ob er in den jagenden Wolken Unterstützung finden würde. Oder Trost. Ich musste bei den Patienten bleiben. Und so saß ich da im Halbdunkel ganz allein und hörte dem Konzert verschiedener Atemzüge zu: mal schnarrend und schnell. Mal rasselnd und unregelmäßig.

Wenn es mir gut geht, vergesse ich diese Geräusche, aber wenn ich angespannt bin, sind sie plötzlich wie aus dem Nichts wieder da, springen mich von hinten an: *Erinnerst du dich? Wenn du mich vergisst, gibt es nichts mehr auf dieser Welt, das mich hier hält. Deine Erinnerung ist mein Fortbestehen.* Und ich schüttle sie gnadenlos ab, ebenso wie die Erinnerungen an Männerhände, die nach mir greifen, an das Röcheln, die letzten Worte. Sie würden mich sonst erdrücken.

Nein, der Tod ist mir nichts Unbekanntes. Ich habe großen Respekt davor, ihm wiederzubegegnen.

*

Einmal versucht uns eine Frau zu beklauen. Einmal geht ein Mann auf Amina los. Einmal kotzt mir einer direkt vor die Füße. Einmal liegen wir in einem Feld voll knallbunter Blumen und sehen den Schmetterlingen zu. Einmal verderben wir uns den Magen mit Würstchen. Einmal träume ich, dass ich im rostroten Sand versinke, ersticke, der Sand ist Treibsand geworden, das Haus meiner Großmutter ist die einzige Zuflucht, und ich versuche mich über ihre Apfelbäume zu schwingen wie die Königin des Dschungels, damit ich den Boden nicht berühren muss, greife daneben und falle, falle in den rostroten Sand, der in Wellen auseinanderläuft wie Wasser, um mich vollständig zu schlucken, und als ich schreien will, füllt er meinen Mund, meinen Hals, meine Lungen, und in dem Moment, da ich um mich schlage, wache ich auf. Und erinnere mich, dass es doch weder Haus noch Apfelbäume mehr gibt. Alles zu Asche geworden. Es ist eine seltsame Reise durch die Zeit, die wir da angetreten haben.

*

Wir sind im Hafen angekommen. Wir müssen nur noch übers Meer. Wir haben ein Fährenticket auf den billigsten Plätzen. Die Seemöwen schreien, das Meer ist grau, der Himmel zugezogen, es stinkt nach

Öl und Abfällen. Aber mein Herz macht dennoch einen freudigen Sprung, wie immer, wenn ich das Meer sehe. Das Meer kann ja nichts dafür, dass die Menschen es so derartig versaut haben. Im Wasser treibt ein Algenteppich. Ich hänge mich über die Reling und lasse den Wind in meinem Haar heulen. Fühle mich ganz kurz unbeschwert, fast wie mit Laura auf diesem Vaporetto zum Lido. Es ist nicht lange her, und trotzdem fühlt es sich so weit weg an. Aber ich weiß, ich darf das nie vergessen, ich muss mich an dieser Leichtigkeit festhalten, sie ist das Gegengewicht zu allem, was noch kommt.

Meine Tante interessiert sich überhaupt nicht für das Meer, für nichts, was um sie herum geschieht, sie sieht weder die zehnköpfige Familie mit ihren alten Koffern und Säcken, den herumkreischenden Kindern, den rauchenden Großeltern. Noch die beiden Männer in Uniform, die im Innenraum Platz genommen haben und schweigend Kaffee trinken, nicht den dritten, der sich zu ihnen setzt. Das Schiff schwankt, und er tut sich schwer damit, sich auf der Bank niederzulassen, unter seiner Achsel klemmt eine Krücke, das rechte Hosenbein ist hochgerollt und nach innen geschlagen, er hat nur noch ein Bein. Die Echos des Krieges sind schon da.

Ich sehe weg, wieder in die Gischt am Bug des Schiffes. Fast fühle ich mich in meinen Traum zurückversetzt. Vielleicht doch keine Kriegsversehrten. Vielleicht Piraten? Vielleicht tauchen in den Wellen Meerjungfrauen mit ihren messerscharfen Krallen und den blutroten, zarten Schuppen an den Armen auf, mit glänzenden Fischschwänzen und leisem, verwirrendem Gesang? Sie können Stürme herbeisingen und Mahlströme im Ozean öffnen, deren wirbelnde Trichter bis auf den Meeresgrund reichen, nur mit der Kraft ihrer Stimme. Ich bin ihnen begegnet. Noch letztes Jahr in meinen Träumen, als ich und Papa auf einem Floß mitten im Meer trieben. Vielleicht springen auch Flugfische mit Menschengesichtern aus den Wellen empor und flüstern mir Rätsel zu, die sie der Sphinx gestohlen haben. Alles ist in Aufruhr, alles ist in Verwandlung, alles ist möglich.

Dass ich Papa nie wiederfinde. Sondern nur einen Grabstein. Oder nicht einmal den. Vielleicht sitzt er irgendwo in einem tiefen finsteren Loch und erinnert sich an mich. An unsere Streitigkeiten und an unser gemeinsames Lachen. An den Tag, als er erkannte, dass er keine Macht mehr über mich hat. An den Tag, als ich ihn umarmte und ihm sagte, dass ich ihn mehr liebe als alles andere auf der Welt. Meine Arme waren so kurz, dass ich sie nicht um ihn herumbekam. Wie alt ich da wohl war? Fünf? Vier? Ich bilde mir ein, den Umriss meines eigenen kleinen Körpers da unten im weißen Schaum zu sehen, treibend in den Fluten. Ich hänge mich noch weiter über die Reling, keiner ruft mich zurück, niemand hindert mich daran. Ich kann machen, was mir richtig erscheint. Keiner kann mich zurückhalten.

»Madina, pass auf!«, brüllt Amina gegen den Wind an, ihr Haar flattert wild wie meines, ihr Rock ist feucht von der Gischt und klebt an ihren Beinen. »Komm wieder rein. Regen zieht auf.«

Ich weiß, dass ein Unwetter aufzieht. Ich sehe es dunkel zusammengeballt am Horizont.

*

Es ist nicht mehr weit. Ich spüre es. Es riecht nach meiner Kindheit. Und nach meiner Angst.

9

Das Schiff senkt seine Nase und stürzt in die Tiefe, bevor es wieder hinaufgeht. Mir ist kotzübel. Ein Koffer rutscht an uns vorbei. Amina und ich lehnen aneinander. Ich sehe uns im Spiegel gegenüber, unsere Gesichter haben ein fahles Grün angenommen. Das Schiff springt erneut. Irgendwann greife ich nach ihrer Hand. Sie zieht sie nicht zurück. Wir treiben in dem beständigen Auf und Ab, das die Wellen mit uns spielen.

Irgendwann räuspert sich Amina und sagt: »Ich muss zum Grab meines Mannes.« Dann sagt sie: »Und ich muss noch ein paar Leute treffen.«

»Welche Leute?«

»Von früher.«

Ich weiß, dass sich meine Tante mit den meisten in unserem Dorf nicht vertragen hat, immerzu war sie Zielscheibe von Anfeindungen gewesen, Vorwürfen, teils dummen Vorwürfen.

»Du hast dich doch mit den meisten nicht verstanden?«

Aminas Gesicht entgleist, aber nur ganz kurz. »Für deren barbarische Vorurteile kann ich nichts. Für Menschen, die in mir eine Hexe sehen, weil ich so lebe, wie es mir richtig scheint, habe ich nicht viel übrig.« Sie zieht ihr warmes Tuch enger um ihre Schultern. »Sei froh, dass du in Lauras Welt dein Leben als Frau so frei führen kannst. Sei froh und dankbar.« Sie denkt noch eine Weile nach, als ob sie abwägen würde, was sie mir sagen kann. »Und nicht einmal dort hätte dein

Vater dich tun lassen, was du willst. Wäre er bei uns geblieben. Nicht einmal da!«

Das Gespräch wird mir zunehmend unangenehm, ich kann aber nicht weg, wir sitzen immer noch händchenhaltend im schwankenden Schiff. Ich spüre meinem Herzschlag nach, der bei jedem Sturz in die Tiefe aussetzt. Ich weiß, dass Papa mich verdammt viel nicht hat machen lassen. Die Spannungen zwischen uns wuchsen vor seiner Abreise ins Unerträgliche, und mein schlechtes Gewissen schrumpfte im Gegenzug, weil mir immer klarer wurde, dass er einfach kein Recht dazu hatte, mein Leben so zu beschneiden. Keine Party. Keine kurzen Kleider. Keine Jungs. Je mehr Zeit ich mit Laura verbrachte, desto heftiger wurden unsere Streitereien. Ich liebe ihn aber trotzdem, sage ich mir, und spüre es auch. Er ist ja mein Vater!

Amina sagt: »Ich weiß, was du für ihn empfindest. Ich liebte meinen Vater auch.« Sie schluckt. »Aber er hätte mich lieber unglücklich als frei gesehen.« Sie schließt die Augen. »Die goldene Kette war meine Mitgift.«

»Das wusste ich nicht.«

»Du weißt vieles nicht, Madina.«

Mein Großvater ist sehr früh gestorben, der Vater meiner Mutter. Und Aminas. Gefragt habe ich nie viel. Es hat mich auch nie sonderlich interessiert. Wir hatten früher, vor unserer Flucht, auch nicht viel mit Amina zu tun, weil mein Vater ein Problem mit ihr hatte. Nach Kriegsausbruch ein noch größeres als vorher. Wenn er ein schlechtes Beispiel brauchte, um mir dieses und jenes zu verbieten, was sich seiner Ansicht nach für ein Mädchen nicht schickte – und das war verdammt vieles –, dann nutze er immer Amina als schlechtes Beispiel. Liederlich. Zügellos. Unanständig. Ich fand sie eigentlich sehr interessant, sie war so schön und stolz und trug ihre Schönheit wie ein Geschenk durch unser Dorf spazieren. Und sie sang dabei. Sonst sang bei uns keine einzige Frau, draußen, auf der Straße.

Mein Onkel Timur war ein ruhiger, schweigsamer Mann, der sich nie viel am Dorftratsch und an Dorftreffen beteiligte, er machte gerne Musik und er las viel. Er kam den meisten im Dorf eigenartig vor, und er und meine Tante lebten eher abgeschieden. Ja, ich weiß vieles nicht. Ich weiß aber andere Dinge. Ich weiß, dass ich niemals zurückwill zu jener Madina, auf die der fünfjährige Rami aufpassen muss, obwohl er vor Überforderung weint! Egal was mein Vater davon halten würde! Dass ich mir nicht mehr verbieten lasse, zu singen, Jeans zu tragen, meine Haare so zu frisieren, wie es mir gefällt. Das gehört mir. Das lasse ich mir nie wieder nehmen. Ich war so besorgt um Papa, dass ich mich nicht damit beschäftigt habe, was passieren würde, wenn ich ihn wirklich finde, wir wirklich zurückgehen. Zu Mama und Oma und Rami.

Ich hatte Angst, das Fell eines ungejagten Bären zu verteilen. Aber vielleicht hatte ich auch Angst vor dieser Frage: Was würde dann passieren? Nach unserer Rückkehr? Was?

*

Was mache ich, wenn ich Papa nicht finde? Was?

*

Ich darf so was nicht mal denken, geschweige denn schreiben. Stift weg, Madina!

*

Es ist wie bei einem Bergaufstieg, man darf nicht runtersehen. Nie. Bis man ganz oben ist. Das hat mir mein Vater gesagt. Und er hatte recht damit. Er hatte mit so vielem recht. Und mit so vielem unrecht.

Vielleicht bedeutet Erwachsenwerden genau das. So was bei den eigenen Eltern zu erkennen. Und dann noch bei sich selbst.

*

Mit Amina nach solchen Gesprächen gemeinsam in der Toilette kotzen gehört auch zu den Erfahrungen, die ich mir an und für sich lieber gespart hätte. Echt. Andererseits: Wir halten uns so wenigstens gegenseitig die feuchte Stirn, wenn wir gerade können. Auch nicht nix!

*

Als das Schiff endlich ruhigere Gewässer erreicht und in unseren Ankunftshafen einläuft, sind wir von der Kotzerei so geschwächt, dass wir unsere Rucksäcke kaum heben können.

Meine Tante wirft einen abwägenden Blick auf mich und sagt: »Zieh die Jeans rechtzeitig um. Wir wollen nicht, dass im Dorf jemand die Nerven verliert.«

»Wir haben noch einige Reisezeit vor uns.«

»Ich wollte dich nur erinnern.«

*

Als die Sonne über dem Meer aufgeht und rosa Widerschein auf die Wellen malt, schreibe ich Laura: *Ich vermisse dich sehr.*

Und dann sehe ich lange das Foto an, das sie mir geschickt hat: wir, unter der Discokugel. Und sie fehlt mir so sehr, dass ich weinen könnte. Und ich hasse es, dass in meinem Kopf eine Stimme sagt: *Lenke dich nicht ab, Madina*, als wäre meine Tante bereits ein Teil von mir geworden. Ich muss mich nicht entscheiden, sage ich mir. Ich muss mich nicht zwischen Laura und meinem Papa entscheiden. Ich kann in beiden Welten leben.

*

Wir sehen viele bettelnde Menschen in der Stadt. Sie schlafen in Zelten auf den Straßen. Manchmal nur mit Schlafsäcken. Sie sitzen in Parks auf dem sonnenverbrannten Gras. Manche sprechen unsere Sprache. Amina geht zielstrebig auf eine Gruppe älterer Frauen zu, die im Baumschatten vor der Hitze Zuflucht gesucht haben, und spricht sie einfach an. Vielleicht sind sie wirklich älter, vielleicht aber auch nur so ausgelaugt von Krieg und Flucht. Man weiß es nicht. Eine ignoriert Amina, eine weint sofort. Eine andere, so stellt sich heraus, stammt aus einem Dorf bei uns in der Nähe. Sie fällt meiner Tante um den Hals, als ob sie Schwestern wären. Auch das macht der Krieg. Er mischt alle Karten neu, macht aus fremd nah und aus nah fremd.

*

Gut, dass Amina mit den Frauen gesprochen hat. Die aus dem Nachbardorf hat Bekannte, die noch vor uns zurückgekommen sind. Und wir haben jetzt deren Nummer. Amina hat ihnen Geld angeboten. Manchmal ist das Schicksal kein Arschloch. Diese Momente muss man zelebrieren.

*

Sie holen uns ab. Ich werde länger nicht mehr zum Schreiben kommen.

*

Wir sind da. Wir sind da. Ich kann es nicht fassen.

*

Dieser Sand zwischen den Häusern, den Ruinen und den Weiden der Kühe. Dieser rote Sand. Ich knie mich hin, berühre ihn, wühle meine Hand hinein, als ob ich sie so in meine Vergangenheit strecken könnte. Meine Turnschuhe, die ich von Lauras Mutter bekommen habe, in diesem roten Sand, in dem meine bloßen Füße einst gestanden haben.

Weltenkollision. Innere Sonnenfinsternis. Raum-Zeit-Kontinuum-Beben.

Der Sand ist noch da. Aber sonst ist fast alles nicht mehr, wie es war. Ich rufe meine Mutter an, um ihr zu sagen, wir sind sicher angekommen. Ich sage ihr nicht, wie es hier aussieht.

10

Mani hat seine letzten Teevorräte für uns zusammengekratzt. Er ist dünn, sein gebeugter Rücken unter dem weiten dunklen Hemd erinnert mich an ausgezehrte Gespenster. Ich kenne ihn. Von früher. Da war er einer, der mit strahlend weißem Gebiss lachte, ein sportlicher Mann, der gerne Pferde ritt, der Tiere liebte. Er sieht jetzt fünfzehn Jahre älter aus. Mindestens. Er lächelt uns an, ich sehe in seinem Lächeln ein unregelmäßiges Gelb-Weiß-Schwarz: lauter Zahnlücken. Seine Hände zittern ein wenig, als er den Teekessel zwischen mir und Amina absetzt.

»Lass mich doch helfen«, sagt Amina und holt die Teetassen aus der kleinen dunklen Küche. Eine ist nicht angeschlagen, bei den anderen muss man aufpassen, dass man sich nicht die Lippen verletzt.

Ich habe all dieses Armselige schon fast verdrängt. Mich an das hübsche, saubere Haus von Susi gewöhnt. An ihre Haushaltsgeräte, an deren Selbstverständlichkeit, man gewöhnt sich so schnell an das Bequeme. An den Verfall möchte man sich nicht gewöhnen. Aber, ich weiß es, in Zeiten des Krieges gewöhnt man sich auch daran. An verfaulende Kartoffeln, über die man froh ist, sie im dunklen Keller noch gefunden zu haben. An ausfallende Zähne. An verdreckte Haut.

Ich wage erst, Mani zu fragen, als er den Tee serviert hat. »Weißt du, wo mein Vater, wo Eli ist?«

Der alte Mann senkt den Kopf. »Ich wusste es«, sagt er dann. »Aber ich erinnere mich nicht mehr.«

»Bitte, versuch es. Vielleicht fällt dir irgendetwas ein, was uns helfen könnte«, mischt Amina sich ein.

Er lächelt wieder, halb verwirrt, halb entschuldigend, es ist ihm peinlich, und er ist es gewohnt, dass es ihm peinlich ist.

»Wisst ihr«, fängt er an und sucht dann lange den Faden, der ihm aus den Gehirnwindungen gerutscht ist. »Ich weiß es nicht mehr. Ich weiß gar nicht, worüber wir gerade noch geredet haben …«

Ich fühle eine fette Welle Verzweiflung im Anrollen.

»Wisst ihr, das ist jetzt so, seit dieser Verletzung …« Wieder wirkt er ehrlich verwirrt. »Dabei ist sie eigentlich gut verheilt …« Und er nimmt das Käppchen ab, das seinen Kopf mit hellem Samt umfasst, und wir sehen eine schreckliche Narbe, die hinter dem Ohr ansetzt und sich über den gesamten Schädel zieht, bis zum Hinterkopf. Die Haut ist noch hellrosa und zart, sie ist erst vor Kurzem verheilt. »Ich hätte mich zu gerne erinnert, wo Eli ist«, seufzt er, »denn er hätte mich behandeln können. Verrückt, nicht wahr? Er war so ein guter Mann.« Seine Hände zittern erneut, die Tasse rutscht beinahe aus seinen Fingern, ich greife gerade noch rechtzeitig hin und verbrenne mich am heißen Tee.

»Er ist noch immer ein guter Mann«, sage ich und wundere mich über die Sicherheit in meiner Stimme. »Ich muss ihn nur finden. Bitte versuche, dich doch ein bisschen zu erinnern! Ein bisschen!«

Er sieht mich mit vernebelten Augen an, der Blick wandert. »Hier ist niemand mehr«, sagt er dann. »Niemand ist hiergeblieben, der hätte weggehen können. Niemand.«

»Ich bin hier. Madina ist hier. Wir sind weggegangen und sind wieder hier!« Amina wechselt das Thema. »Was ist mit den Tieren passiert, die du hattest?«

Er überlegt wieder. »Ein paar habe ich noch«, sagt er dann. »Manche sind verschwunden. Manche haben wir gegessen.«

»Zeigst du sie uns?«

Er nickt und geht schlurfend voran. Wir folgen ihm hinter sein schiefes Häuschen. Eine leere Hundehütte. Ein Futtertrog, verrostet. Ich will gar nicht an die Hühner meiner Großmutter denken, die sie jeden Tag streichelte, denen sie ab und zu ihre Lieder vorsang, dieselben, die sie mir früher vorgesungen hat.

Er pfeift, er ruft. Wir stehen da und warten.

Vielleicht hat er kein einziges Tier mehr, denke ich, vielleicht warten wir hier vergeblich mit einem Verrückten und verlieren wertvolle Zeit.

Da kommt ein Esel um die Ecke, ein kleiner grauer, struppiger Esel mit großen braunen Augen. Er steuert auf den alten Mann zu, schreit und legt den Kopf sacht auf seine Schulter. Der Alte tätschelt den Hals des Tieres, lächelt.

»Wo sind denn die anderen?«, will Amina wissen.

Er blinzelt. »Die mir die Nachbarin gegeben hat?«

»Meine Großmutter«, helfe ich nach. »Die Mutter von Eli. Eli. Den suche ich.«

Er neigt den Kopf, als ob sich etwas in ihm regen würde. Ein Gedanke. Eine Erinnerung. Irgendwas.

»Eli ...« Er strengt sich an, eine Ader tritt auf seiner Schläfe hervor. »Fragt doch in seinem Dorf nach. Ich glaube, da könnte jemand etwas wissen.«

»Wer?«

»Seine Nachbarn vielleicht ...« Dann verfinstert sich sein Gesicht. »Aber redet ja nicht mit denen im grünen Haus nebenan! Das sind miese Verräter!«

»Du erinnerst dich ja doch«, sagt Amina. »Versuche es! Vielleicht fällt dir noch etwas ein!«

Er wischt sich den Schweiß von der Stirn. Er kämpft sich wohl innerlich durch dunkle Räume, die voller Bücher sind, deren Schrift er nicht mehr entziffern kann – sein Gedächtnis ist zu einem Rätsel geworden.

»Ich ... weiß es nicht.«

»Die Verräter im grünen Haus, wer sind die?«

»Die haben uns an die Soldaten verraten. Diese räudigen Verbrecher haben hier alles zerstört und haben deren Dorf dafür in Ruhe gelassen.«

»Warum?«

»Sie wussten ... Sie wussten, dass Eli da war. Sie wussten, dass ich seine Mutter hier versteckt hatte ... Sie haben Eli mitgenommen!«

»Wohin?«, schreie ich fast.

Er zittert wieder, Amina stützt ihn. Er schließt die Augen. Als er sie wieder öffnet, ist sein Blick anders, stumpfer. »Ich weiß es nicht«, flüstert er. »Ich muss mich hinlegen ... ich bin erschöpft ...«

Wir halten ihn links und rechts und führen ihn strauchelnd wieder ins Haus, unterwegs sackt er kurz weg, als ob er ohnmächtig würde.

Amina reicht ihm einen Becher mit Wasser an die Lippen. »Trink, mein Lieber«, sagt sie. »Trink.«

*

Ich schleiche mich hinaus, während Amina unser Bett in der kleinen Kammer, die der Alte uns gezeigt hat, richtet und ihren Rucksack auspackt.

»Warte!«, ruft sie mir nach, aber ich kann nicht, ich kann nicht dableiben, ich kann nicht länger warten.

Ich schlüpfe aus der Tür und laufe nach nebenan. Zum Haus meiner Oma.

Ist da noch etwas übrig von ihrem Häuschen, in dem ich so gerne war? Wo ich in den Ferien wochenlang zwischen den Gemüsebeeten und Obstbäumen spielte, neben den Rosenhecken Bücher las, abgefallene Rosenblätter zwischen den Buchseiten, bis mich ihr schwerer Duft überrollte und ich in der Nachmittagssonne einschlief, bis mich die Berührung ihrer von der vielen Gartenarbeit rauen Hände weckte, ganz vorsichtig am Oberarm entlang. »Hast du Hunger? Ich habe dir einen Apfelkuchen mit Rosinen und Pinienkernen gemacht, Täubchen.«

Ich kann den Biss in die saftige Fülle fast fühlen, das Durchstoßen der obersten Teigschicht, fruchtig süßen Kuchenkörper auf meiner Zunge schmecken – fein abgestimmt mit Honig und Zitrone, perfekt ausbalanciert zwischen knusprig und weich –, und der Duft der dicken Wachskerzen und ihr tanzendes Licht am Abend in der kleinen Dachkammer, Fledermäuse im Fenster und die feine Mondsichel.

Die Sehnsucht nach meiner Großmutter überfällt mich völlig ohne Vorwarnung, so stark, dass ich nach Luft schnappe. Schmerz kann flüssig werden.

Ich muss es sehen. Ich muss diesen Ort noch einmal aufsuchen, auch wenn ich wahnsinnige Angst davor habe, ich muss ihn betreten, ihn riechen und sehen und fühlen, bevor ich mich umdrehen kann, bevor ich weiterziehe durch mein Leben, wo immer es mich noch hinbringen wird.

Es riecht irgendwie ein bisschen nach Susis Rumtopf, den sie mal für ein Fest zubereitet hat, oder nach Fruchtbowle, und ich beginne mich zu wundern, bis ich das gärende Obst sehe, das noch an den Bäumen hängt oder als geplatzte Fruchtflecken an ihrem Stamm klebt und auf dem Boden liegt. Das hat Fliegen, aber auch Schmetterlinge angezogen. Die alkoholhaltige Süße des Lebens.

Ich stehe vor Omas Haus. Oder was davon übrig ist. Ein paar abbröckelnde Wandstücke, über denen schwarze, abgestürzte Balken liegen. Ein eisernes, verkohltes Herdgerippe in der Mitte. Die Küche war immer das Zentrum dieser kleinen Welt gewesen, sie ist es immer noch, ein Echo, das bleibt. Ein verbogener, rostiger Gartenstuhl, der alle vier Beine in die Luft streckt.

Ich setze meinen Fuß so vorsichtig in den abgebrannten Bereich, als ob ich einen magischen Bannkreis betreten würde. Es riecht immer noch nach Feuer. Nach Ruß. Der Boden ist schwarz. Trockene Strünke und Scherben überall. Ich will nicht weinen. Ich will all das hier ehren und es lieber in mir so aufbewahren, wie es einmal gewesen ist. Eine kleine magische Insel außerhalb der Zeit. Wenn ich mich nur genug konzentriere, kann ich noch ein Schlaflied zwischen den Mauerresten schweben hören. »Schlaf, mein Täubchen, schlaf gut ein. Ich werde immer bei dir sein.« Ich schließe die Augen, nehme all die Erinnerungen in mir auf, so gut ich kann – bis mich ein leises Rascheln aufschreckt. Etwas war gerade noch hier. Ich kann es beinahe spüren.

»Ist da jemand?«, frage ich, recht leise, weil ich nicht wage zu rufen. »Hallo?«

Es raschelt wieder, diesmal etwas weiter weg.

Ich nehme mir ein Herz und folge dem Geräusch, vorsichtig zwischen den Resten des Hauses balancierend – ich habe Angst, dass es noch weiter einstürzt, wenn ich Wände oder Möbelreste berühre.

»Hallo?«

Zwischen den Balken bewegt sich etwas. Es ist so klein, es kann kein Mensch sein, nicht mal eine Ziege. Ich hocke mich hin.

Zwischen dem Schutt glänzt mir ein Augenpaar entgegen. Etwas Graues, Gestreiftes bewegt sich vor mir, zieht sich aber nicht weiter vor mir zurück.

»Ich tu dir nichts«, flöte ich.

Das Tier wagt sich weiter hinaus, ich sehe zwei Pfoten, dann den kleinen Kopf mit angelegten Ohren. Ich erkenne das runde Gesichtchen nicht gleich. Aber die Katze erkennt mich, verlässt ihr Versteck und kommt mir entgegen, beschleunigt, läuft auf mich zu, und ich breite die Arme aus, und sie kuschelt sich an mich. Sie ist komplett verdreckt, hat eine eitrige Narbe hinter dem Ohr, sie ist entsetzlich mager, aber als sie ihr Köpfchen gegen meinen Arm stößt, in ungläubiger Freude, ist kein Zweifel mehr möglich: Das ist die jüngste Katze meiner Großmutter. Ein kleines schnurrendes Kätzchen, als ich sie das letzte Mal sah, gebeugt über ihre Milchschüssel in der Küche.

Sie ist wohl wie ich. Wir zwei fallen immer auf die Beine. Wir sind noch da. Wir leben noch. Jetzt schießen die Tränen ein, scharf und brennend. Ich hebe die Katze hoch, sie lässt es zu. Sie ist federleicht, Haut und Knochen und Fell.

»Hab dich«, sage ich. »Alles wird gut. Ich verspreche es. Alles.« Ich verberge sie in meiner Jacke, als hätte ich Angst, sie könnte mit einem Windstoß davongetragen werden. Und sie erlaubt es mir.

11

Wir liegen in dem kleinen Zimmer, Seite an Seite in dem Bett, die Matratze ist in der Mitte so ausgedünnt, dass wir ständig zueinanderrollen, egal wie sehr wir darauf achtgeben, Abstand zu halten. Wir sind hundemüde, aber wir können beide nicht schlafen. Morgen gehen wir zurück, zu dem absoluten Ursprung, dorthin, wo unser Haus stand und Aminas Mann Timur begraben liegt, wo Papa und ich im Keller operiert haben. Wir hoffen, dass wir dort weitere Anhaltspunkte finden. Wir müssen. Hier im Dorf kann uns keiner mehr sagen, als wir schon wissen. Und wir wissen verdammt wenig.

Die Katze hat sich auf dem Bett zusammengerollt. Amina mag keine Tiere, aber sie schweigt, schiebt sie nicht weg. Ich lausche unseren Atemzügen. Im Nebenraum schnarcht der Hausbesitzer ganz fürchterlich. Vielleicht bekommt er keine Luft, weil seine Nase gebrochen war. Vielleicht raucht er zu viel. Vielleicht ist er einfach krank. Es ist so fremd, Atemgeräusche eines Mannes zu hören, der viel älter ist als ich, und es erinnert mich daran, wie lange ich Papa nun nicht mehr habe schnarchen hören. So verdammt lange. Mein Bein schläft ein, ich könnte mich drehen, aber dann wecke ich die Katze. Ich halte also still. Irgendwann, als klar ist, dass wir beide sowieso nicht einschlafen können, frage ich: »Hast du Angst vor morgen?«

Aminas Augen glänzen im Mondlicht, dunkel, ausdruckslos. Sie muss mich gehört haben, so laut kann der Zimmernachbar gar nicht schnarchen.

Als ich nicht mehr mit einer Antwort rechne, sagt sie: »Nein, ich habe Angst vor morgen und vor dem Tag danach. Und dem folgenden. Und dem darauf.«

Ich überlege und kann mir keinen Reim darauf machen. Angst davor, dass wir auch morgen nichts herausfinden, habe ich. Ich weiß nicht, wie ich dann weitersuchen soll. Dorf um Dorf abklappern. Was anderes fällt mir nicht ein. Aber warum nimmt sie alle anderen Tage dazu?

»Weil wir morgen genauso weit sein könnten wie heute?«

»Nein. Weil ich dort auch meine Verwandten treffen könnte.«

*

Sie hat nie von ihnen gesprochen, ich wusste von keinem Treffen. Ich weiß sehr wenig über die Familie meiner Mutter, sie hielt sich immer sehr bedeckt. Ich weiß nur, dass ihr Vater früh gestorben ist, dass sie eine Stiefmutter hat, die nicht sonderlich nett gewesen ist, und dass Amina sich schwertat. Mit der Stiefmutter und mit dem Vater. Ich kenne nur die Liebe meiner anderen Großeltern, der Eltern meines Vaters. Die Familie meiner Mutter habe ich bis auf Amina und Timur nie getroffen. Ehrlich gesagt weiß ich gar nicht, wer da dazugehörte. Meine Mutter war nach der Hochzeit zu der Familie meines Vaters gezogen, so wie die Tradition es verlangte, und hatte mir nur ab und zu Geschichten erzählt. Amina kam in den Geschichten nie gut weg. Amina verachtete im Gegenzug meine Mutter, weil sie es sich, wie sie sagte, zu einfach machte. Zu angepasst war. Die brave Tochter. Die brave Ehefrau. Ich war noch klein, als ich die ersten Spannungen zu bemerken begann, so richtig verstanden habe ich sie bis heute nicht. Mit dem Krieg änderte sich sowieso alles. Und als wir loszogen, war klar, dass Amina mit uns ging. Amina und Papa stritten sich auf dem Weg. Sie stritten sich in der Flüchtlingsunterkunft. Sie stritten sich bis zu Papas Abfahrt. Meine Mutter: immer im Dazwischen. Immer im Versuch, die beiden Feuerspucker auseinanderzuhalten. Zu befrieden. Zu versöhnen. Sisyphus hatte es vermutlich leichter als sie, er wurde von dem Stein, den er hinaufrollen musste, wenigstens nicht angefeindet. Ja, ich weiß, den Sisyphus bemühe ich gerne, seit wir sein bemitleidenswertes Schicksal in der Schule durchgenommen haben. Es fühlt sich an, als wäre er immer schon Teil unserer Familie gewesen.

Amina wendet sich mir zu, das Bett knarzt wie ein uralter Baumstamm. »Weißt du, Madina ... Ich bin dir sehr dankbar. Wirklich.«

»Warum denn?«, stottere ich.

»Weil du mir mein neues Leben erleichtert hast.«

»Ich ...«

»Nein, wirklich. Nimm es einfach an. Du hast mir gezeigt, dass Frauen Rechte haben.«

»Aber, Amina. Die Rebellin bist du. Warst immer du. Ich hab einfach ...«

Ich weiß, was ich sagen müsste: Ich habe einfach von Laura gelernt. Von Susi. Von Frau Wischmann und von der Super-King. Auf ihren Schultern habe ich gestanden. Und in die neue Welt hinausgesehen. Weil ich es durfte. Und weil ich es durfte, konnte ich es tun. Amina hat das, was sie sich erkämpft hatte, nie gedurft. Sie hat es sich genommen. Ohne zu fragen. Dafür hat mein Vater sie verachtet. Derselbe Mann, der mich liebevoll dazu ermuntert hat, an mich zu glauben. Mir Ziele zu setzen. Der mich angetrieben hat, diese Ziele zu erreichen. Hinter Amina stand niemand. Schon gar nicht ihr Vater. Es war nicht fair. Aber was ist schon fair. Das Königreich schenkt dir keiner, Prinzessin, sage ich mir. Du musst es dir schon nehmen. Und darum kämpfen, wenn es nicht sofort funktioniert. Und wenn ich schon dabei bin: Wir haben doch alle gegenseitig voneinander gelernt. Wie man stark ist in unterschiedlicher Weise. Liebevoll wie meine Mutter, kämpferisch wie Amina, lebenslustig wie Laura. Aber Laura hat auch von mir gelernt, zäh zu sein. Susi von meiner Oma, niemals aufzugeben. Frau Wischmann vielleicht nicht, aber sie ist auch eine Psychotherapeutin. Da sagt man vermutlich: »Sie hat durch uns Erfahrung gewonnen.«

»Du hast mir gezeigt, dass man Hilfe bekommt, wenn man nach ihr ruft. Dass das Recht auf meiner Seite steht. Dass ich heilen kann. Ich hätte es nie geglaubt. Nie.« Sie lächelt, ihre Zähne sind sehr gerade und sehr weiß. Es ist das erste Mal, seit wir aufgebrochen sind, dass sie mich anlächelt.

Sie ist immer noch so schön, diese Schönheit ist ein stählernes Schild gegen alle Erniedrigung dieser Welt, denke ich. Es ist ein Aufbäumen. Ein »Mich kriegt ihr nicht!«. Und es wird mir erst jetzt bewusst: Ich weiß wirklich so vieles nicht, noch immer. Amina hatte recht damit. Vieles konnte ich nicht wissen. Und einiges wollte ich nicht wissen. Nichts Dunkles über meinen Vater. Zum Beispiel. Und ich weiß, ich weiß, da war etwas.

»Du bist sehr stark«, sagt sie. »Das ist gut.«

Ihre Schultern lockern sich etwas, die Katze streckt sich wie ein Echo auf ihre Entspannung. Ich erinnere mich plötzlich wieder, wie sie heißt: Nomi. Und sie ist zudem ein Er. Ein Katerchen.

»Ich dachte, er hätte dich mit Lügen vergiftet.« Amina zieht die Decke hoch bis zur Nase. »Ich dachte, er hätte dir lauter schlimme Dinge über mich erzählt. Er hatte Angst, du würdest durch mich zu wild werden. Er wollte mich nicht in deiner Nähe haben. Immer hatte er diese Angst.«

Ich weiß, wen sie meint, es ist schmerzhaft für mich, schwer zu ertragen. Ich will sie schätzen und meinen Vater lieben können. Gleichzeitig.

»Bitte, lass uns nicht so über ihn reden, Amina. Wir müssen ihn nur finden. Ihr müsst euch nicht gern haben. Es reicht, wenn wir alle heil heimkommen. Es reicht vollkommen.«

Sie schüttelt den Kopf. Ob sie ihre Gedanken abwehrt oder mir widerspricht, ist nicht klar. Dann sagt sie: »Er hat mich getreten, als er mir helfen sollte. Aber meine eigene Familie war noch viel schrecklicher als er.«

»Bitte!«

»Du glaubst doch nicht, dass es alles ungeschehen macht, wenn ich schweige?«

»Amina. Es geht gerade um Leben und Tod.«

»Ja, das tut es.« Sie beißt auf ihre Lippe.

Ich streichle Nomi, als ob er einen Schutzwall zwischen mir und dieser Vergangenheit, von der ich so wenig weiß, bilden könnte, so ähnlich wie der Zauberkamm, der, hinter die Schulter geworfen, zu einem Berg zwischen der Märchenheldin und ihren Verfolgern wächst.

Dann flüstert Amina in das Dunkel zwischen uns hinein: »Ich bin glücklich, dass du alles, was ich erlebt habe, nie erleben musst. Ich bin glücklich, dass du rechtzeitig weg warst aus diesem Land. Ich trauere nur um mich, Madina.«

Ich strecke vorsichtig meine Hand in der nun mondlosen Finsternis nach Amina aus, bis sie auf ihrer Schulter liegt. Sie fährt kurz zusammen, rückt aber nicht ab. Ihre Haut ist aufgeraut von dem vielen Schrubben. Ich warte, bis ihr Arm nicht mehr eng an den Körper gepresst ist. Ich kann ihr nicht viel sagen. Ich kann nur da sein.

»Wir werden wieder zurückgehen«, sage ich schließlich. »Und du wirst sehen, dass dein Leben weiterhin gut laufen wird. Wie meins. Alles ist möglich. Alles.«

Es folgt keine Antwort, nur ruhige Atemzüge.

12

Manchmal hat man das Gefühl, in einem Traum zu sein, der ganz nett anfängt und dann völlig ohne Vorwarnung in einen Albtraum kippt, und man will aufwachen, wechselt aber bloß in den nächsten Albtraum, weil man gar nicht wirklich wach ist. Das ist heute so ein Tag. Mit dem Unterschied, dass es kein Traum ist.

*

Früh am Morgen laufen wir zu Fuß los. Unsere Schatten sind noch lang und dünn wie Nachtgespenster. Das Dorf hier sieht aus, als wäre ein Riesenbulldozer einmal quer durchgefahren, ohne auf Straßen, Zäune, Gärten und Häuser Rücksicht zu nehmen. Neben vollkommen intakten Häusern ragen dunkle Gerippe in den strahlend blauen Himmel. Es liegt immer noch viel Schutt herum. Die zwei mehrstöckigen Gebäude, die es hier gab, sind in sich zusammengesackt, als wären sie plötzlich müde geworden. Wir lassen diese Ruinen hinter uns und wandern über die Straße voll roten Sandes weiter. Unserem Dorf entgegen. Ich habe solche Angst, dass dort am Friedhof viele neue Steinplatten wie Drachenzähne aus dem Erdreich gewachsen sind. Ich muss aber dorthin gehen. Die Gräber meiner Freundinnen befinden sich dort. Ich werde ihnen knallrote Blumen hinlegen, solche wie die, die vor ihren Häusern wuchsen. Mich an die Steinränder setzen wie früher auf ihre Betten mit den bunten Überwürfen und ihnen von meinem neuen Leben erzählen. Mich entschuldigen, dass ich lebe und sie nicht mehr. Versprechen, dass ich mein Leben gut nützen werde. Ich weiß, dass man sich nicht entschuldigen muss. Aber ich schaffe es nicht, das Gefühl abzustreifen. Es sitzt zu tief. Versteckt unter meiner Zunge, verborgen hinter meinen Augenlidern, versiegelt im Brustkorb.

*

So überwältigend es war, vor dem Haus meiner Oma zu stehen, es hat mich nicht vorbereitet auf das, was mich zu Hause erwartete. Unser Haus war ja noch da. Aber leider: Es war gar nicht mehr unser Haus.

*

Der Krieg ist weg, aber diese Wunden, die er ins Land gerissen hat, sind noch da, und alle bluten, auf die eine oder andere Weise. Ein paar virtuell wie ich, andere ganz real. Mein Dorf ist nicht mehr, wie es gewesen ist. Die Menschen dort sind nicht mehr, wie sie gewesen sind. Aber das war schon, bevor wir gingen. Ich spüre das, bevor wir da sind.

Als wir uns nähern, nehmen wir uns an den Händen. Amina und ich. Automatisch. Von der Seite, von der wir kommen, sieht alles aus wie immer. Als wir näher kommen, erkenne ich, dass das linke Haus nicht mehr bewohnbar ist, es gehörte den Eltern einer Schulfreundin, Luana. Ihre Familie verließ den Ort als erste. Zog in die Stadt, zu Verwandten, weil sie glaubten, so den heranrückenden Truppen entgehen zu können. Mein Vater hat sich bis zum Schluss nicht vorstellen können, dass die wirklich kommen würden. Das war vermutlich eine der fürchterlichsten Fehleinschätzungen, die er je getroffen hat.

»Aber die sind doch vernünftig«, sagte er damals, als er und meine Mutter die Lage besprachen. Rami war noch nicht mal drei Jahre alt, er spielte unter dem Familientisch mit seinen Holzklötzchen, türmte sie höher und höher, zwischen den breiten Holzbeinen, die die schwere Tischplatte trugen. Den Tisch hatte mein Urgroßvater gemacht, er war ein Familienerbstück, beinahe nachtschwarz gebeizt, breit und massiv, gedacht für Familienfeiern der größenwahnsinnigen Art.

»Das werden sie doch nicht tun. Ich glaube, dass alles beim Theaterdonner bleiben wird. Wir müssen abwarten, meine Liebe.«

Rami unterbrach ihn mit seinem Geheule, weil der Turm in diesem Augenblick in sich zusammenstürzte.

»Na komm, Rami. Wir bauen ihn wieder auf, ja?«

Da saßen wir, gekränzt von seliger Unwissenheit, und mein Vater glaubte fest daran, dass die Menschlichkeit siegen würde, die Vernunft.

Nur wenig später wanderte der Tisch, an den Seiten gekürzt, in unseren Keller, weil er das Stabilste war, um eine Operation nach der anderen mitzutragen. Einen Monat darauf war unser geheimes Lazarett überfüllt. Es ging so schnell, dass nachher keiner mehr wusste, wie das überhaupt passieren konnte. Wie bei einem Autounfall. Den Unfall hatte aber das ganze Land erlitten.

Ich bin fast erleichtert, als ich diese intakte Häuserzeile sehe, etwas ist ganz, etwas ist gleich geblieben. Das Nachbardorf, in dem wir unsere Habseligkeiten zurückgelassen hatten – und einen von mir im Zimmer eingesperrten Nomi, der nie ein Katzenkistchen von innen gesehen hat –, sieht dagegen aus, als hätte sich an mehreren Stellen eine riesige Bestie hineinverbissen.

Ich habe hier gelebt. Das war mal meine Welt. Alles, was ich kannte. Dieses Dorf und das Dorf daneben. Diese Welt schien mir groß. Sie war schön.

Und so übersichtlich. Bis der Krieg kam. Danach kannte sich niemand mehr aus, egal wie klein diese Welt tatsächlich war.

Aminas Schritte werden kurz langsamer. Sie hat Schweißperlen auf der Stirn stehen, wischt sie weg, zieht ihre Jacke aus und bittet mich, sie in meine Tasche zu stecken. Dann holt sie tief Luft, strafft die Schultern und beschleunigt.

Aus der Nähe sehe ich, dass eines der Häuser beinahe nur noch aus der Vorderfront besteht. Das daneben ist offensichtlich unbewohnt. Zwei Häuser weiter steht ein Tischchen mit Gartenstuhl vor dem Eingang, eine Topfpflanze daneben, ein blumenumranktes Beet, als wäre hier nie etwas anders gewesen. Vor dem Haus sitzt eine Frau und schneidet Gemüse. Ich kenne sie nicht. Als wir schon fast bei ihr sind, sieht sie auf und grüßt uns. Ihr Blick ist fragend, vielleicht sogar misstrauisch. Das Haar ist ergraut, breite weiße Strähnen an den Schläfen, die das Schwarz durchziehen, was in seltsamem Kontrast zu dem noch fast faltenfreien Gesicht steht.

»Sucht ihr jemanden?« Und dann runzelt sie die Stirn, ungläubig. »Madina?«

Sie springt auf, die Tomaten und Gurken in der Schale, die sie auf dem Schoß hielt, fliegen in alle Richtungen davon. »Madina!«

Und sie umarmt mich, und erst als sie mich umarmt, erkenne ich sie: Luana. Wir waren nie beste Freundinnen, ich verstand mich besser mit anderen. Die Heftigkeit, mit der sie mich begrüßt, überrollt mich. Sie drückt mich nochmals fest an sich, ihr Körper ist hager geworden, sehnig. Ich tue mich schwer, sie ebenfalls zu umarmen, meine Hände schweben einige Zeit hilflos in der Luft.

»Mama?« Ein kleiner Junge kommt heraus, braun gebrannt, dünn, vielleicht drei Jahre alt, und hält sich an ihrem Kleid fest. »Wer ist das, Mama?«

»Eine Freundin, mein Schatz.«

Was hat sie hier erlebt, seit ich in Lauras Zimmer Eiscreme aus dem Pappbecher löffelte und romantische Komödien ansah? Wieso ist sie wieder zurückgekommen aus der Stadt? Und wo ist ihre Familie? Ich traue mich nicht zu fragen. Ich traue mich nicht zu fragen, ob sie geheiratet hat, wer ihr Mann ist. Jede Frage könnte fatale Folgen haben. Vielleicht ist der Mann tot. Vielleicht ihre Eltern. Was wäre mit mir gewesen, wäre ich wie sie im Land geblieben?

Meine Tante räuspert sich, sie wurde bis jetzt gar nicht beachtet. Luana nimmt den Kleinen auf den Arm. »Du bist auch hier? Du traust dich was«, sagt sie an Amina gewandt.

Das Gesicht meiner Tante bleibt vollkommen regungslos.

Luana sieht kurz zu Boden, dann fragt sie mich: »Wie bist du hergekommen? Warum? Wer will jetzt schon hierher zurückkommen?«

»Ich suche meinen Vater.«

Ihr Gesicht wird bleich. »Ich habe damit nichts zu tun. Ich kann nichts dafür!«

»Was? Was ist passiert?«

»Geh rein ins Haus«, sagt sie zu ihrem Sohn und setzt ihn zu Boden. Doch er scheint ihre Anspannung zu fühlen und klammert sich an ihre Beine. »Ich kann nichts dafür.«

»Ist jetzt egal«, sage ich. »Wo finde ich ihn?«

Luana schweigt, ich schreie: »Lebt er noch?«

»Das weiß ich nicht. Es tut mir so leid!«

»Was ist passiert? Wen kann ich noch fragen? Bitte. Ich gehe nicht weg ohne ihn.« Ich greife nach ihrem Oberarm, ich würde sie am liebsten schütteln. »Der Krieg ist vorbei! Vorbei! Wir können verdammt noch mal aufhören, Angst voreinander zu haben, oder? Willst du die Kriegszeit einfach weiterlaufen lassen, in deinem Kopf?«

Luana sieht sich nach allen Seiten um. Dann sagt sie sehr leise: »Die im Haus Nummer 7 wissen was. Aber sag ja nicht, dass du es von mir hast! Falls du Hilfe im Ort brauchst: Etwas weiter weg, am Ende der Apfelallee, sind neue Leute gekommen. Sie sind nett. Frag dort.«

Und sie verschwindet mit ihrem Sohn in ihrem Haus, die Schüssel und das Gemüse lässt sie liegen.

Als wir weitergehen, blicke ich zurück und sehe sie am Fenster stehen, halb hinter dem Vorhang verborgen. Und ich habe augenblicklich eine furchtbare Sehnsucht nach meinem Zuhause bei Susi, nach meinem Zimmer, dem sauberen Bettlaken, nach Laura, nach Kassandra, nach meiner Oma sowieso und nach meiner Mutter, sogar nach Rami ein bisschen, obwohl er eine Rotzkröte ist und bleibt.

Hier ist alles in weit besserem Zustand als im Nachbardorf, es gibt saubere Gässchen, die Bäume tragen Früchte, die nicht verfault sind, in den Fenstern hängen helle Vorhänge, in den Gärten trocknet bunte Wäsche. Das einzige Haus, das zerstört scheint, ist das, was wir schon im Vorbeigehen gesehen haben.

Eine Katze sitzt auf einem Mäuerchen, wohlgenährt, ruhig, und sieht uns zu, wie wir langsam den Marktplatz queren und den Weg zu unserem ehemaligen Haus einschlagen. Die Ungeduld jagt mir kleine virtuelle Nadeln unter die Nägel. Ich bin eine Zeitreisende. Ich gleite durch die Falten, die die Zeit geschlagen hat, wie das Messer durch weiche Butter. Ich bin nicht sicher, ob die, die am Ende herauskommt, noch die sein wird, die hineingegangen ist. Es ist mir aber mittlerweile egal.

Diesen Apfelbaum da kenne ich, flüstert mir die Erinnerung zu.

Amina streckt sich und reißt einen Apfel hinunter, isst ihn aber nicht, sondern steckt ihn in ihre Tasche.

Diese Gartenmauer, auf der habe ich einst mit meiner besten Freundin gesessen. Wir haben mit den Beinen geschaukelt und Granatapfelsaft getrunken, Äpfel gegessen und die Kerne auf die Straße gespuckt, in der Hoffnung, es würde sofort ein Baum daraus hervorbrechen, wenn wir nur den richtigen Zauberspruch aufsagen würden. Das mit dem Zauberspruch hatten wir von ihrer älteren Schwester, die sich bestimmt über uns schiefgelacht hat. Als ich mich nach einigen fehlgeschlagenen Versuchen bei ihr beschwerte, meinte sie, dass wir die Betonung bestimmt falsch gesetzt hätten. Also saßen wir weiter dort und spuckten Kerne. Bis sich der Nachbar über uns aufregte. Ich höre ihr Lachen, höre sein Gebrüll, höre meinen Vater, der aus unserem Haus stürmt, um dem Nachbarn Einhalt zu gebieten, der Nachbar schreit: »Zauberei ist Gotteslästerung!« Mein Vater schreit: »Meine Tochter hat ein Recht auf Kindheitszauber!« und lacht, der Nachbar flucht und nennt ihn einen Ketzer, in bitterstem Ernst. Und dann sagt er noch: »Wirst schon sehen, was du davon hast«, und ich bemerke etwas in den Augen meines Vaters, das sich leicht verdunkelt. »Du wirst mir nicht vorschreiben, wie ich oder meine Kinder zu leben haben!«, brüllt mein Vater, und meine Mutter, die diese Streiterei von unserer Schwelle aus beobachtet hat, beeilt sich, sehr schnell dazuzukommen, meinen Vater sanft an der Hand zu nehmen, den Nachbarn mit ihrem reizendsten Lächeln zu beschenken.

Es war eigentlich nie einfach für sie beide, hier zu leben.

Das war also diese unsere kleine, nicht heile, aber vertraute Welt, bis wir sahen, was wir davon hatten.

*

Unser Haus haut mich um. Gerüche. Geräusche. Erinnerungsbruchstücke wie schiefe Fotoaufnahmen. Zeitnebel.

Die Eingangstür ist neu gestrichen, ist nicht mehr grün mit goldener Klinke. Das Dach, das vor unserer Flucht eingesackt war und Zimmer verschüttet hatte, steht wieder sicher und hoch. In den Beeten meiner Mutter blühen fremde Blumen. Noch weiter hinten haben wir die Toten begraben. Dort wächst jetzt Gras. Als ob nie etwas anders war. Ich wünschte, das wäre bei Menschen auch so einfach. Wie es wohl drinnen aussieht, frage ich mich. Bei uns. Wer unser Haus repariert hat.

Das Haus Nummer 7 ist nah an unserem Haus. Die Tür im Haus Nummer 7 ist offen. Ich rufe hinein. Niemand kommt. Ich habe überhaupt keine Geduld mehr. Wer hier wohl inzwischen wohnt? Warum die mehr wissen sollen, als Luana zu wissen zugibt?

Ich sollte wohl warten, aber ich schaffe es nicht. Ich gehe rüber, zu unserem alten Haus. Amina bleibt angespannt hinter mir stehen. Ich klopfe. Doch auch hier rührt sich nichts. Ich klopfe erneut, heftiger. Dann höre ich polternde Schritte unsere Treppe hinab. Im oberen Stock war mein Schlafzimmer. Rami schlief bei unseren Eltern im Erdgeschoss. Die Vorstellung, dass ein Fremder aus meinem Zimmer kommt, ist völlig absurd. Vielleicht mache ja gleich ich mir selbst die Tür auf.

Die Tür springt auf, vor uns steht eine kräftige ältere Frau mit harten Gesichtszügen und einem dünnen Zopf.

»Was wollt ihr hier? Verschwindet!« Sie kneift die Augen zusammen, sie sieht offensichtlich schlecht.

Ich stelle einen Fuß in die Tür, bevor sie diese zuschlagen kann. »Ich suche Eli.« Und dann füge ich hinzu: »Das war mal unser Haus.«

Sie ist kurzatmig, als sie spricht, schießen die Sätze aus ihr heraus wie aus einer Waffe. »Dieses Haus stand leer. Es war das Haus eines Verräters. Verfallen wie seine Werte. Es gehört dir nicht. Wir haben es wieder aufgebaut. Eli ist nicht mehr hier. Und du… solltest auch nicht mehr hier sein.«

Sie ringt nach Luft. Ich spähe hinter ihrem dicken Oberarm vorbei ins Haus hinein. Im Gang liegt ein roter Teppich. Viele Schuhpaare neben der Tür. Verschiedene Größen.

Amina tritt näher. »Ich grüße dich.«

»Amina!«

»Ja, ich.«

»Was willst du hier? Auch einen Verbrecher suchen?«

Und Amina holt den Apfel aus ihrer Tasche, hält ihn der Frau entgegen und antwortet: »Nein. Dich. Euch alle, Stiefmutter. Ihr habt doch meine Briefe bekommen.«

13

Wir stehen vor der Tür unseres alten Hauses, die einst mein Vater grün lackiert hatte, weil Grün für ihn die Farbe der Hoffnung war und weil er ein Heim voller Hoffnung wollte. Und Amina sagt zu mir: »Ich geh rein. Warte.« Und ich denke mir, fein, gut, dann schau ich doch wieder zur Nummer 7, weil gerade das Fenster geöffnet wurde, jemand ist zurückgekehrt. Ich halte mich am Riemen meiner Tasche fest, wie ich es in besonders schwierigen Schulsituationen immer gemacht habe.

»Hallo?«

Hier hat mal eine alte Bäuerin gelebt, die uns morgens frische Eier brachte, um sie gegen Salben meines Vaters zu tauschen. Jetzt kommt mir ein muskulöser, hünenhafter Mann entgegen, der eine Narbe quer über das Gesicht bis ins weiße, längere Haar vergraben trägt wie ein Pirat aus meinen Träumen. Seine Hand weist ebenfalls Narben auf, lang verheilte, sie haben bereits die Farbe seiner Haut angenommen.

»Komm rein«, wiederholt er, weil ich wie Hänsel und Gretel vor der Hexenhütte zögere. Seine Stimme kommt mir bekannt vor. Ich habe sie schon einmal gehört. Ich kann mich nur nicht erinnern, wo.

»Wohnt Frau Lepa nicht mehr hier?«, stottere ich.

»Nein, siehst du ja. Ich wohne jetzt hier. Und mein Sohn.«

»Ich suche …«, fange ich an, da unterbricht er mich.

»Ich kenne dich. Du bist mein Schutzengel.« Und er nimmt meine Hand, zieht mich ins Haus und schlägt die Tür hinter mir zu. Wir stehen im Halbdunkel.

Mir wird sofort übel. Der ist verrückt, denke ich mir, verdammt, er ist wahnsinnig, ich befinde mich ganz allein im Haus eines Wahnsinnigen. Wieso, verdammt noch mal, müssen solche Dinge immer mir passieren? Hätte da nicht ein freundliches Hausmütterchen strickend am Kamin sitzen können?

Ich weiche vor ihm zurück, bis mein Rücken an die Haustür stößt. Ich könnte schreien. Als ich schon Luft hole, um Amina endlich um Hilfe zu rufen, fügt er hinzu: »Ich weiß, was du suchst. Du erinnerst dich nicht, oder?«

Ich schüttle zitternd den Kopf.

»Ich werde euch nie vergessen«, sagt er. »Weder deinen Vater noch dich. Ich, Edris, verdanke euch mein Leben.«

Meine Augen füllen sich mit Tränen, aus Erleichterung, aus Angst, aus der hereinbrechenden Erinnerung an die Stimmen im Dunkel des Kellers, ich erinnere mich nicht an sein Gesicht, aber ich erinnere mich an seine Schreie, an sein Fiebergestammel, an das Gespräch mit ihm, als er dem Tod schon ein Schnippchen geschlagen hatte. Er war einer der Ersten, die bei uns gelandet waren: Eine durch das Autofenster geworfene Granate hatte entsetzliche Verletzungen verursacht, die meinen Vater die ganze Nacht auf Trab gehalten hatten. Und anschließend auch mich.

»Wir müssen etwas vorsichtig sein. Ich will keinen Ärger«, sagt er, »und die Leute hier sind nicht gut auf Eli zu sprechen.«

»Was haben die? Mein Vater hat doch immer allen im Dorf geholfen!«

»Ja, und er hat Aufständische unterstützt.«

»Aber die hätten uns doch alle getötet, wenn er die Hilfe verweigert hätte.«

Er führt mich zum Tisch, bringt mir einen Becher Saft. Setzt sich zu mir. »Weißt du, was hier los war, nachdem ihr weg wart?«

Ich schüttle den Kopf. Woher sollte ich das auch wissen? Wir waren ja weg.

»Nun. Die Soldaten kamen her und suchten euch. Eli, genau genommen.«

Ich halte mich einfach nur an meinem Becher fest, ich spüre, dass sich hier ein Kreis schließt, dass alles, was mir bisher rätselhaft schien, sich gleich auflösen könnte, aber ich habe keine Illusion mehr, dass die Auflösung mir Erleichterung bringt. Diese Wahrheit wird schmerzen.

»Sie haben ihn natürlich nicht gefunden. Eli war immer ein kluger Kerl. Er hatte sich überlegt, was er tat und wie. Er hat das Land rechtzeitig verlassen, mit seiner Familie.« Er sieht mich prüfend an. »Ich verstehe ihn. Hätte ich meine Frau retten können, ich hätte es auch versucht. Ich mache ihm keinen Vorwurf. Aber danach kamen die Soldaten, fragten nach euch. Niemand wusste etwas. Das glaubten sie uns nicht. Dann wurden die Dinge hässlich.« Er seufzt und schweigt.

Ich erinnere mich, wie wir völlig überstürzt in der Nacht aufbrachen, nur mit Rucksäcken, in denen nicht einmal das Nötigste drin war. Wie mein Vater angespannt abwartete, bis der Mond hinter den Wolken verschwand, bevor er den Marschbefehl gab. Um drei oder um vier Uhr nachts, mit genug Abstand zum Morgengrauen. Ich will jetzt alles und ich will nichts wissen. Mir graut vor dieser Erzählung.

»Sie erschossen zuerst den ältesten Ziegenbauern, um den anderen Angst zu machen. Luanas Mutter wollte besonders schlau sein und hat ihnen eine Geschichte aufgetischt, in der Hoffnung, sie würden dann verschwinden.«

»Aber Luanas Familie war doch fort, in der Stadt ...«

»Nein, sie sind nach den ersten Bombardements zurückgekommen. Dachten, es sei hier sicherer.« Er lacht bitter. »Ein paar der Männer gingen los und überprüften ihre Angaben. Es war ja gelogen. Sie verwüsteten das Haus von Luanas Eltern, zündeten ihren Stall an. Schlugen Luana und ihre Mutter. Brachen beide Arme ihres Vaters.« Er erzählt das alles völlig ausdruckslos, nicht einmal hasserfüllt.

Mir schlagen die Zähne so fest aufeinander, dass ich fürchte, es bricht etwas ab. Ich würge, der Saft schießt aus meiner Kehle auf den Steinboden. So ist es also hier zugegangen. Und was habe ich in der Zwischenzeit getan? Womit habe ich so ein Glück verdient? Ganz und heil zu sein. In einem schönen Haus mit Garten. Markus küssen und Schmetterlinge im Bauch züchten. Laura-Späße. Partys mit Kerzenschein und Lampions. Schule. Gute Schuhe und Badeteichtage. Und so viel Lachen. So viel Träumen. Ich würge erneut.

Er steht auf und holt ein Tuch, mit dem er mein Erbrochenes aufwischt. »Du kannst nichts dafür.«

Aber mein Vater, denke ich. Mein Vater, der hat das geplant. Der hat das gewusst. Der hat es einkalkuliert. Um uns zu retten.

Als ob er meine Gedanken lesen würde, fügt Edris an: »Ich hätte dasselbe getan. Jeder hier hätte dasselbe für die Familie getan.«

Ich würge immer noch.

»Das ist Krieg«, sagt er und lässt seinen Arm kurz auf meiner Schulter, und ich erinnere mich, wie ich dasselbe bei ihm tat, das Verbandszeug in der anderen Hand. Die Berührung beruhigt.

»Darum bin ich lieber vorsichtig, was deinen Vater anbelangt.«

»Lebt er?«, bricht es aus mir heraus, das alles hier ist ein unerträglich intensives Wechselbad der Gefühle. »Wo ist er?«

Er sieht mich prüfend an, ich erkenne den Blick, so sah mein Vater Patienten an, wenn er abschätzen wollte, wie viel Wahrheit er ihnen schon zumuten konnte, wenn er mehr wusste, als ihm lieb war.

»Er lebt. Ich weiß, wo er ist. Aber das ist ein Versteck. Ist geheim. Die Leute hier würden ihn lynchen.«

»Ich muss zu ihm. Sofort.«

»Übermorgen. Heute geht es nicht mehr.«
»Es muss gehen!«
»Nein. Ich riskiere nicht, dass noch mal jemand zu Schaden kommt. Das letzte Mal, als ich nicht vorsichtig genug war, ist das Nachbardorf dran gewesen.«
»Wieso?«
»Weil sie gehört hatten, dass Eli dort war. Und diesmal Wort hielten vor den Soldaten und es berichteten.«

So war das also: Der Nachbar meiner Großmutter ist auf diese Weise zu seiner Wunde gekommen, seine eigenen Bekannten hier haben ihm das eingebrockt. Und mein Vater. Mit seiner bloßen Anwesenheit.

*

Etwas kommt, etwas geht. Etwas wird gefunden. Etwas anderes geht verloren. Vielleicht kann man das Leben so zusammenfassen. Das gilt auch für einen selbst.

*

Ich verabschiede mich höflich von Edris, wir verabreden uns für ein weiteres Treffen. Mein Herz springt in der Brust. Ich habe alles richtig gemacht, ich bin der Spur an deren Anfang gefolgt und habe Papas Fährte wieder aufgenommen. Papa lebt. Er lebt. Eine bessere Nachricht hätte ich heute nicht bekommen können. Er lebt, jubiliert es in mir. Er lebt, und ich werde ihn bald wiedersehen!

Ich schreibe meiner Mutter: *Habe Papa vielleicht bald gefunden. Sie sagen, er lebt.*

Diese letzten Meter der Reise verlangen unglaublich viel Geduld von mir, die ich nicht habe. Ich kaue meine Fingernägel kurz, während ich rübergehe zu unserem ehemaligen Haus, ich brenne darauf, die Neuigkeit mit Amina zu teilen.

Ich klopfe wieder an die fremde Tür eines vertrauten Hauses. Niemand antwortet. Das kommt mir ein bisschen seltsam vor. Sie hat doch gesagt, wir treffen uns hier.

»Amina!«, rufe ich, vielleicht hört sie mich ja. Dann stehe ich unschlüssig ein bisschen herum. Offenbar braucht Amina noch länger. Vielleicht sitzen sie ja im Garten und hören mich nicht.

Ich umrunde unser Ex-Haus, bis ich vor dem Hinterhof stehe: Hier haben wir unsere Feste gefeiert, hier habe ich mit Mama Salate zubereitet, während meine Tante gesungen hat, hier hat sich Rami den Schmetterlingen mehr gewidmet, als es ihnen lieb war, mit einem Kescher. Hier hat mein Vater Lagerfeuer entzündet und mit seinen Freunden Zigaretten geraucht, Rauchkringel und Feuerknistern und kleine rote Funken, die in die Nacht hinausflogen und im Dunkelblau verglühten.

Hinter unserem Haus ist jetzt ein hoher Zaun. Ich ziehe mich an ihm hoch und luge darüber: Mamas Garten ist nicht wiederzuerkennen. Vielleicht, weil hier der Krieg gewütet hat. Ich kann mir nicht vorstellen, dass die neuen Bewohner absichtlich Bäume und Hecken zerstört haben. Jetzt sind da: ein kleines Gemüsebeet. Eine Kinderrutsche, von der die Farbe abblättert.

Im Hof steht eine Hundehütte, in der ein großer braun gefleckter Hund döst. Aber nicht tief genug, um mich nicht zu bemerken. Als er mich da am Zaun hängen sieht, lässt er ein solches Knurren raus, dass ich absolut überzeugt bin, ich will nicht näher an ihn ran.

Ich schaue mich noch einmal um, um ganz sicherzugehen, dass ich Amina nirgendwo sehe, da zischt er mit solchem Karacho aus der Hütte und zu mir hin, dass ich vor Schreck loslasse und falle. Die Kette, mit der er an die Hütte gefesselt ist, rasselt noch eine Weile den Zaun entlang. In den Hinterhof komme ich so nicht. Aber ich höre auch keine Stimmen. Da sind sie offenbar auch nicht. Aber wo dann?

»Amina«, rufe ich noch mal. »Wo seid ihr? Hallo?«

Und erhalte wieder keine Antwort. Ich beschließe, noch eine Runde ums Haus zu ziehen, mir bleibt auch nichts anderes übrig. Ich kann ja nicht einfach zu Nomi zurückgehen. Ich rufe Amina an, ihr Handy klingelt, bis die Mailbox anspringt.

»Ich warte auf dich«, rede ich drauf. »Ich gehe ein bisschen spazieren und bin in einer Stunde wieder da.«

Ich versuche mich zu beruhigen, versuche tief und aufmerksam zu atmen. Laufe noch mal ums Haus rum, hinter den Zäunen liegt ein Feld mit goldgelbem Weizen. Der Himmel ist beinahe wolkenlos. Es sieht aus wie eine Illustration in einem Märchenbuch. Gleich kommt eine Kutsche vorbei, gezogen von sechs Schimmeln, und drin sitzt die Prinzessin, die den knackigen Bauernsohn bei der Arbeit sieht und sich in ihn verliebt und ihn in ihr Schloss mitnehmen möchte. Sie verspricht ihm köstliche Speisen und ein Bett voller Seidenkissen. Und er wird ablehnen und sagen, er sei hier glücklich. Ich wäre mit der Prinzessin mitgefahren, wenn man mich fragen würde, aber mich hat niemand gefragt.

Ich gehe ein bisschen in das Feld hinein, streiche mit den Fingerspitzen über die Halme. Es war so vieles schön hier, bevor der Krieg kam. Und das hier ist immer noch schön.

Etwas weiter weg steht ein ausladender Baum, es steigt ein feiner Streifen Rauch hoch. Ich blicke mich noch mal um, Amina ist noch nicht aufgetaucht. Ich gehe einen kleinen Pfad zwischen Feld und Gras entlang. Im Sand sind Spuren schmaler Reifen, vermutlich Fahrräder. Ich folge ihnen.

Beim Baum brennt ein kleines Lagerfeuer, von Steinen eingegrenzt. Im Lagerfeuer liegen Kartoffeln in der Asche, auf Stecken grillen Würstchen. Es duftet. Ein paar verbeulte Fahrräder sind am Baum angelehnt. Um das Feuer herum sitzen zwei junge Frauen und drei junge Männer, sie sind alle nicht viel älter als ich. Zwischen ihnen mehrere Hunde, manche sind klein, andere riesig. Alte und junge. Ein grauer Rüde sieht mich aufmerksam an, als ich näher komme, bevor er mit dem Schwanz wedelt. Dann stimmen auch die anderen im Rudel ein. Ein Familienoberhaupt, würde mein Vater sagen. Ich wette, den würde er am liebsten haben. Von Oberhaupt zu Oberhaupt. Ein junger Mann mit Sommersprossen und längeren Haaren steht auf.

»Hallo«, ruft er freundlich. »Dich habe ich hier noch nie gesehen! Ich bin Delal. Willst du dich zu uns setzen?«

»Ihr seid nicht von hier, oder?«, frage ich. Ich erkenne kein einziges Gesicht, aber ich habe auch Luana nicht wiedererkannt.

Das Mädchen neben Delal wirft ihr rotes Haar über die Schulter. »Wir sind seit Kriegsende da.«

Der Rüde steht auf, gähnt, dass ich zwei riesige Reihen weißer Zähne und eine blutrote Zunge sehe, dehnt sich und lehnt sich an sie, sie tätschelt seinen Rücken. »Wir versorgen die Streuner in der Gegend. Und wir sehen nach den verlassenen Feldern und Gärten.«

»Irgendwer muss sich ja um das alles wieder kümmern, oder?« Delal nimmt einen Schluck aus der Feldflasche und hält sie mir hin. »Setz dich doch zu uns. Du siehst müde aus.«

Meine Kehle ist von Sorge zugeschnürt, meine Lippen trocken, ich nehme also dankbar an.

Die zweite junge Frau mit kurzem, wild geschnittenem dunklen Haar hält mir ein Würstchen hin. »Wir wohnen jetzt in einem Haus, das wir hergerichtet haben, da hinten, neben dem Wäldchen. Wenn du mal zu Besuch kommen willst, gerne. Es steht allen offen.«

Ich bekomme jetzt nichts runter, aber ich setze mich dazu, ich bin steinschwer vor Erschöpfung.

»Wo kommt ihr her?«

»Aus unterschiedlichen Städten. Haben vor dem Krieg studiert. Werden wir hoffentlich wieder.«

»Ich nicht, ich war Verkäufer«, lacht der mit lockigen Haaren.

»Ich bin Aisha«, sagt die junge Frau mit dem roten Haar. »Wenn du willst, kannst du bei uns mitmachen. In dem Dorf hier wollte sonst keiner bei uns mitmachen.«

»Ich heiße Wayne«, sagt der mit dem schwarzen Hund neben sich.

»Wayne?«

»Weil er so gerne Western anschaut«, lacht Delal. »Und wer bist du?«

»Madina.«

»Und was machst du hier?«

Normalerweise hätte ich alles erzählt, so wie immer. Aber nach der Begegnung mit Edris bin ich eingeschüchtert von dem, was er gesagt hat, ich bin vorsichtiger.

»Ich warte auf meine Tante.«

Der schwarze Hund hat kahle Stellen an seinem Hals, er schrickt vor mir zurück, als ich die Hand in seine Richtung ausstrecke.

»Der braucht noch ein Weilchen«, sagt der junge Mann. »War ein Kettenhund. Den haben wir im letzten Moment geholt. Er war am Verhungern.«

»Und schau, wie rund er schon wieder ist«, lacht die Dunkelhaarige. Dann lächelt sie mich an. »Ach, wie unhöflich von mir. Ich bin Miryam.«

»Wozu habe ich denn Veterinärmedizin studiert«, antwortet Wayne, »wenn nicht für so was.«

»Bleibt ihr hier?«, will ich wissen.

»Vielleicht«, sagt Aisha. »Vielleicht ziehen wir auch weiter.«

»Und die Uni?«

»Sagen wir, wir haben eine Auszeit.«

»Nach vier Jahren Auszeit vorher«, prustet einer. »Aber die waren nicht gerade freiwillig.«

»Aber woher kommst du?«, erkundigt sich Aisha.

Ich sehe kurz ins Lagerfeuer. So ein ähnliches Knistern wie die Lagerfeuer bei unseren Festen hier, früher. So ähnliche Funken. Aber sonst ist alles anders. Auf den Kopf gestellt. Zu Scherben zerschlagen. Woher komme ich? Von hier? Oder doch von dort? Von Laura und Susi und Frau Wischmann?

Ich bin, wie immer, dazwischen.

»Ich komme von nirgendwo«, sage ich. »Ich komme von überall. Hinter den sieben Bergen. Und noch viel weiter.«

Sie sieht mich prüfend an. »Du musst es nicht sagen.«

Sie sind nett, ich fühle mich wohl bei ihnen. Ich fühle mich immer wohl bei Menschen, die das Zerstörte irgendwie wieder gerade biegen wollen. Ich will mein Leben mit solchen Menschen teilen. Aber nicht hier, ahne ich. Nicht hier.

»Wir habe auch Hühner«, unterbricht der Veterinärstudent. »Und sogar zwei Kühe. Du kannst gern auf ein Gläschen melkwarmer Milch vorbeischauen.«

Bei Hühnern denke ich natürlich an Oma und bei Oma an unseren Gastgeber, der nicht weiß, wo seine Tiere sind.

»Habt ihr sie aus dem Nachbardorf?«

»Ja, liefen zerzaust in einem Hinterhof herum. Ein alter Mann hat gesagt, er weiß nicht, wem die gehören.«

»Sie gehören ihm, aber er kann sich nicht mehr erinnern.«

»Oh.«

»Aber davor haben sie meiner Großmutter gehört.«

»Dann bist du ja doch von hier.« Delal schmunzelt. »Willst du sie wiederhaben? Wir sind froh, wenn wir Plätze für die Tiere finden.«

Die Hühner meiner Oma bedeuten für mich Kind sein. Geborgen sein. Ferien. Und ich weiß, das ist alles vorbei.

»Ich freue mich sehr, wenn ich sie besuchen kann«, sage ich. Und zögere kurz, das auszusprechen: »Aber ich lebe nicht mehr hier.«

Ich lebe nicht mehr hier.

Dieser Satz schneidet mich ab von allem, was hier noch möglich wäre. Aber es ist einfach so. Meine Welt ist jetzt anders und woanders.

»Danke euch für alles«, sage ich, stehe auf und klopfe das Gras aus meinem Kleid. »Aber ich muss gehen. Meine Tante sucht mich bestimmt schon.«

»Pass auf, wo du hingehst. In den Feldern gibt es immer noch Minen. Weiter hinten.«

»Ich geh bloß den Weg zurück, aber danke für die Warnung.«

Delal schmiert etwas auf ein zerknülltes Zettelchen. »Da ist meine Handynummer. Und die hier ist die von Aisha. Ruf uns an. Komm vorbei, wann immer du Lust hast.«

Auf dem Weg zurück wähle ich Aminas Nummer erneut. Diesmal springt gleich die Mailbox an. Ich kämpfe die Unruhe nieder.

*

Es dunkelt. Amina ist noch immer nicht da. Ich verzweifle. Ich habe gefühlt hundertmal an die Tür geklopft. Irgendwann merke ich, dass oben in meinem ehemaligen Zimmer Licht angeht. Ich trete gegen die verfluchte Tür und brülle.

Ein Fenster wird geöffnet, und eine Männerstimme schreit runter: »Hau ab! Sie ist längst gegangen.«

»Wohin?«

»Keine Ahnung.«

Dann denkt der Schreiende offenbar fest nach, vermutlich, wie er mich am besten loswird, und fügt an: »Sie hat gesagt, sie geht zu eurem Treffpunkt.«

Das ist der Moment, in dem ich meine Nerven endgültig verliere. Der Treffpunkt war vor dem Haus hier.

Alles dreht sich um mich: der Platz, das Haus, das Feld. Ich bin ganz sicher, dass etwas passiert ist.

Das Licht geht aus. Das Haus stellt sich vor mir tot.

*

Edris ist nicht zu Hause. Mir bleibt eigentlich nur noch, Delal, Aisha und die anderen um Hilfe zu fragen. Glücklicherweise höre ich sie singen. Sie sind noch bei ihrem Lagerfeuer.

»Die in diesem Haus sind sehr unangenehm«, sagt Delal.

»Behandeln ihren Hund fürchterlich«, fügt Aisha hinzu.

»Hast du irgendwas von ihr dabei?«

»Was soll das jetzt helfen?«

»Irgendwas, das nach ihr riecht? Für die Hunde.«

Ich krame in meiner Tasche. Aminas dünne grüne Jacke ist drin.

»Habt ihr etwa Spürhunde gerettet?«

»Nein, aber wir üben mit ein paar von ihnen.«

Aisha hält die Jacke einem kleinen gefleckten Hund hin, der sie intensiv beschnüffelt. »Such! Such!« Der Hund schnüffelt, hebt fachmännisch die Nase in den Wind und läuft los. Er dreht eine fröhliche Runde um das Feld und kommt dann beschwingt zurück, ohne etwas gefunden zu haben.

Es wird ganz dunkel.

Ich übernachte in dem Häuschen, vor dem die Hühner meiner Oma scharren. Ich streichle jedes einzelne von ihnen, als könnten sie mich trösten. Dann suche ich mit tauben Fingern Lauras Nummer.

Ich schluchze so laut, dass sie mich nicht versteht.

»Brauchst du Hilfe?«, fragt Laura. »Was ist passiert?«
»Amina ist verschwunden«, heule ich.
»Was für eine Scheiße! Kann dir irgendwer helfen?«
»Ich bin bei sehr lieben Leuten hier. Aber ich habe solche Angst, Laura.«
»Wo ist die nächste Großstadt?«, fragt Laura.
Ich heule und nenne ihr die Stadt.
»Gut«, sagt Laura. »Ich komme.«
»Bist du irre? Nein! Auf gar keinen Fall!«
»Ja, klar.«
»Du hast einen Scherz gemacht, oder? Oder?«
»Ja, habe ich.«

Die Leitung rauscht und knarzt, ihre Stimme klingt in sich gefaltet, und dann reißt die Verbindung plötzlich ab, und ich starre das tote Handy an, durch das gerade eben noch ein Lichtstrahl in diesen Irrsinn hier hereingefallen ist, ein Bruchstück meiner neuen Realität, meiner neuen Sicherheit.

Laura fehlt mir, als hätte man ein Stück aus mir herausgerissen, und ich stopfe diese Wunde mit der Hoffnung, sie bald wiederzusehen. Und dass ich zurückkehre, daran habe ich keine Zweifel, ich muss, ich bin das meiner Familie schuldig. Und Laura. Ich bin die, die weitergeht. Ich bin die, die ankommt.

Morgen wird alles bestimmt gut, sage ich mir wieder und wieder. Morgen stellt sich bestimmt raus, dass alles ein blödes Missverständnis ist, über das wir noch Jahre später lachen werden.

*

Etwas kommt, etwas geht.

14

Sie entdecken Amina erst in der Früh.

*

»In der Nähe des Minenfelds«, sagt Delal und kann mir nicht in die Augen sehen. »Aber wenn du mich fragst: Das war keine Mine. Ich habe genug Menschen gesehen, die auf Minen getreten sind, weißt du.«

Ich halte auch Stunden später immer noch fassungslos die grüne Jacke fest, als könnten die Hunde eine zweite Amina in einem Paralleluniversum finden, die noch am Leben ist, und ich könnte dieser Amina-Version die Jacke wieder zurückgeben.

»Lass los«, sagt Aisha leise und nimmt sie mir aus der Hand. »Vielleicht willst du mit jemandem reden, der dir nahesteht?«

Ich habe keine Ahnung, was genau passiert ist. Wie. Warum. Ich treibe im luftleeren Raum. Ich kann noch nicht mal weinen. Amina liegt auf einem strahlend weißen Leintuch auf der Bank im Flur, zugedeckt bis zum Scheitel mit einem weiteren strahlend weißen Leintuch. Ein Totensandwich.

Wer wollte sie tot sehen? Weshalb? Die waren doch hinter meinem Vater her, nicht hinter Amina ... Ist sie wirklich in das Minenfeld geraten?

Ich rufe Laura wieder an, aber sie hebt nicht ab. Meine Mutter kann ich nicht anrufen. Ich will sie nicht vollkommen verängstigen. Also rufe ich in meiner Verzweiflung Frau King an. Sie klingt verschlafen und verwirrt.

»Amina ist verunglückt«, sage ich.

»Ruf einen Krankenwagen. Und dann die Polizei«, sagt sie. Und mir wird wieder bewusst, dass das hier eine andere Welt ist, in der ich niemanden rufen kann, der auch nur ansatzweise der Polizei oder einem Notarzt entsprechen würde. Ich bin im Niemandsland.

*

Das alles kann nicht real sein.

*

Edris kommt und holt mich ab. Wir können zu Papa fahren.
Jetzt.
Gleich.
Ich habe das Gefühl, dass ich Amina nicht alleine zurücklassen kann, als ob sie noch leben würde.

»Fahre ruhig«, sagt Aisha. »Wir werden deine Tante bewachen, bis du wiederkommst.«

*

Wir fahren nicht sehr lange. Ein altes Gebäude, abgelegen und windschief. Edris lässt mich herein, aber als ich in den beiden Zimmern nachschauen möchte, schüttelt er den Kopf und führt mich zur Kellerstiege.

Bevor ich hoffen darf, wenigstens zwei Menschen hier heil rauszubekommen, wenn schon nicht drei, bevor ich all das machen kann, muss ich noch in die Unterwelt des Niemandslandes hinabsteigen. Die Unterwelt ist mir vertraut. Ich habe einige Zeit in ihrem Zwielicht verbracht, als ich kleiner war. Sie ist zu einer Art Zuhause geworden, einem Zuhause, das man gerne schnell vergisst. Das Halbdunkel eines ehemaligen Bombenkellers, ein Ort, an dem ich so lange nicht mehr gewesen bin.

»Hier haben wir uns im Krieg versteckt«, sagt Edris zu mir. »Und hier, dachten wir, ist es am besten für ihn, bis er sich erholt hat.«

Er geht voran, mit der Taschenlampe, die Flecken in das Dunkel malt. Wir steigen eine steile Treppe hinab – man muss aufpassen, um nicht auszurutschen –, die Wand, an der ich mich abstütze, ist klamm und bröckelt ab. Dann gehen wir einen engen Gang entlang, eine surrende Neonröhre über uns. Die Decke so niedrig, dass ich fürchte, alles könnte über uns zusammenstürzen. Aber natürlich stürzt nichts zusammen. Ich muss ihm vertrauen, ich habe keine Wahl. Ich habe keinen Weg außer diesem.

Wir stoßen an eine Tür. Er klopft dreimal und sagt sehr laut: »Keine Sorge, ich bin es.«

Die Tür geht knarrend auf, mir schlägt ein Geruch nach Krankheit und Ausdünstungen entgegen. Ich trete hindurch, ohne zu zögern.

Der Raum ist nicht gut beleuchtet, im hinteren Bereich brennt eine Lampe mit geblümtem Stoffschirm, etwas Gemütliches, das hier seltsam deplaziert wirkt. An der Wand ein Bett, aus dem dreckiges Bettzeug heraushängt. Und direkt an der Tür: mein Vater. Oder besser gesagt und passend zur Unterwelt: ein Schatten meines Vaters.

Seine Augen liegen tief in den Höhlen, er wiegt vielleicht die Hälfte dessen, was er gewogen hat, als ich ihn das letzte Mal geschmeidig die Treppe der Flüchtlingsunterkunft hinunterrennen sah, den schweren Rucksack locker über der Schulter.

Seine Nase ist schief, vermutlich gebrochen. Das absurde Gefühl, dass das alles nicht real ist, verstärkt sich. Ich bin entsetzt von seinem Zustand, ich bin glücklich, ihn lebendig zu sehen, nicht tot wie Amina. Es ist eine wilde Mischung zwischen Lachen und Weinen.

»Papa«, stottere ich.

Er sieht mich an, er zögert, als ob er seinen Augen nicht trauen könnte. »Bist du real?«, flüstert er dann und streckt seine Hand vorsichtig nach mir aus, tastet mein Gesicht ab. »Bist du es wirklich, oder bin ich endgültig verrückt geworden?«

Ich lasse meine Tasche wortlos fallen und umarme ihn. Er riecht nach Schweiß und Krankheit – und zu meiner Überraschung nach Alkohol. Mein Vater hat doch nie getrunken! Meine Finger tasten Rippen, die unter dem Hemd gut spürbar sind. Er fährt zusammen und bewegt sich ruckartig zurück, verliert das Gleichgewicht.

»Papa!«

Er holt tief Luft, stützt sich an der Wand ab, fängt sich wieder. »Madina«, flüstert er. »Ich dachte nicht, dass ich dich noch einmal wiedersehe ...«

»Ich bin da, Papa. Ich ...« Ich strecke erneut die Hände nach ihm aus, langsamer. Zaghaft legt er die Arme um mich, wir halten uns fest, und es fühlt sich an wie eine Ewigkeit. Ich versuche, hinter diesem Gestank von Krankheit und modrigem Keller den Geruch zu finden, der für mich von klein auf Papa bedeutete – ein warmer, vertrauter Geruch, Rasierwasser und Rauch. Ich wage es nicht, meine Nase an ihn zu drücken. Irgendwann merke ich, dass er weint. Mein Vater weint. Und ich nicht. Ich bin viel zu schockiert, um zu weinen.

»Alles wird gut«, flüstere ich. »Ich bin jetzt da.«

»Lebt meine Mutter?«, fragt er.

»Ja, sie lebt! Sie lebt und wartet auf dich!«

Und er weint immer noch und lächelt, die obere und die untere Hälfte seines Gesichts passen nicht zusammen.

»Und mein Onkel?«

Das Lächeln verschwindet, das Weinen bleibt. Mein Vater schüttelt den Kopf.

»Wir gehen nach Hause«, flüstere ich. »Wir gehen weg von hier, Papa.«

Und er schüttelt weiter den Kopf und sagt: »Ich kann nicht.«

Ich denke mich verhört zu haben. »Wir fahren heim, Papa. Mama wartet. Rami wartet. Oma wartet. Sie haben sich die Augen nach dir ausgeweint, Papa.«

»Ich bin doch ein Wrack. Sie wären angewidert.«

»Wir lieben dich, Papa. Wir haben dich so sehr vermisst.«

»Schau mich an. Wer würde schon einen solchen Mann haben wollen?« Und er wankt zu dem Bett, sinkt dort in sich zusammen.

Ich folge ihm und setze mich daneben. »Du bist mein Vater«, sage ich. »Egal was passiert ist. Du bist Mamas Ehemann.«

»Ich kann nicht«, wiederholt er.

»Doch! Du kannst! Du musst! Willst du etwa ewig in diesem Loch sitzen?«

Im Licht der hübschen geblümten Lampe sehe ich, dass ihm etliche Fingernägel an der linken Hand fehlen.

»Ich schäme mich«, flüstert er und weint noch heftiger.

»Keiner gibt auf«, sage ich und erinnere mich daran, wie wir damals durch den Wald gelaufen sind, das Feuer hinter uns, wie ich hinfiel und nicht mehr konnte, wie er mich wieder hochzog und wir weiterliefen. Unsere Flucht von hier. Damals. »Wir brechen gemeinsam auf. Wir kommen gemeinsam an. Das hast du zu mir gesagt, Papa! Damals. Und jetzt sage ich es zu dir.«

»Ich bin ein anderer jetzt«, flüstert er mit geschlossenen Augen.

»Wir alle sind jetzt andere«, sage ich.

*

Papa ist unten geblieben. Er wagt es nicht rauszugehen. Ich muss aber kurz an die Luft, ich muss durchatmen, ich muss zu mir kommen, sonst platze ich, sonst sage ich vielleicht die falschen Dinge, weine, belaste ihn.

Ich schicke eine Nachricht an meine Mutter: *Habe ihn. Wir kommen zurück.* Alles Weitere werde ich ihr später sagen.

Draußen wartet Edris auf mich, umringt von einigen Männern, die dazugekommen sind, seit ich unten war. Ich bin so am Ende, dass ich mich nicht mehr erschrecke. Später erfahre ich dann: alles Patienten von uns. Manche erkenne ich sogar, manche nicht.

»Wieso habt ihr nicht nach uns gesucht?«, fahre ich ihn an. »Wieso habt ihr uns nicht verständigt? Wie lange sitzt er denn da drin?«

»Eine Zeit lang.« Edris sieht mich prüfend an. Ob ich das alles ertrage, vermutlich. Ob ich jetzt zusammenbreche. Ob er mich auffangen muss. Er war bestimmt einer, der viele geführt und für viele Verantwortung getragen hat. Bei was auch immer. Ich will es gar nicht wissen, es ist mir egal.

»Weil er das absolut nicht wollte.«

»Warum?«

»Frag ihn am besten selbst.«

Das alles ist Wahnsinn. Ich will nur noch zurück. Mit Papa. Dieses Land hinter mir lassen. Es gibt hier nichts mehr, das zu mir gehört, bis auf Papa und Nomi. Nomi kommt natürlich mit. Ein Sohn von zweien und ein Kater, das muss meiner Großmutter reichen.

»Ich nehme ihn mit«, sage ich zu Edris. »Er braucht medizinische Behandlung. Er muss in Sicherheit gebracht werden. Und zu seiner Familie.«

Einer von den Männern sagt: »Wir werden tun, was nötig ist. Er hat uns alle gerettet.«

»Wie habt ihr ihn denn überhaupt gefunden?«

»Wir haben ihn im alten Gefängnis gesucht, als die Armee sich zurückzog und die Wärter flüchteten. Wir haben ihn beschützt und versteckt«, sagt Edris. »Und jetzt helfen wir dir.«

Und ein anderer fügt an: »Was brauchst du?«

Und erst da denke ich wieder an das, was am Morgen geschehen ist. Und ich höre mich wie aus der Ferne sprechen: »Ich brauche jemanden, der uns in Sicherheit bringt. Weg von hier. Papa hält eine beschwerliche Reise bestimmt nicht durch ... Ich brauche Flugtickets. Und einen Transport zum Flughafen.«

Die Männer sehen sich ratlos an. »Wir bringen dich hin, wohin du auch willst. Aber Geld für Tickets hat hier keiner.«

Ich fühle wilde Verzweiflung in mir hochsteigen, ich trete sie aus wie ein schwelendes Feuer. Es hilft nichts, ich muss zurück zu Mani und Aminas Sachen durchwühlen. Sie hatte doch Geld dabei. Aber wenn es nicht reicht? Dann müsste ich Laura anbetteln und hoffen, dass sie uns irgendwie Geld schicken kann.

»Ich brauche jemanden, der mit mir ein Grab aushebt.«

»Ein Grab?«

»Ja, ein Grab«, höre ich mich ganz ruhig sagen, und dann wird alles schwarz um mich herum.

*

Wenn man ganz klein ist, kann man noch nicht zwischen Gut und Böse unterscheiden. Das erlernt man erst nach und nach. Dass man die Katze nicht am Schwanz ziehen darf. Dass man Freundinnen hilft. Dass man nicht lügen soll, wenn man die Vase umgeworfen und zerbrochen hat. Und später, wenn man endlich älter geworden ist, scheint das gerecht. Und man ist irgendwie beruhigt, dass die Welt sich nach grundsätzlich fairen Regeln verhält. Und wenn man noch älter ist, erkennt man, dass es nicht so einfach ist mit der Gerechtigkeit. Was zerbrochen ist, ist zerbrochen. Und manche Dinge lassen sich nie wieder richten. Manches ist ungerecht. Manches bleibt ungelöst. Manches heilt nicht. Das ist so. Es fällt sehr schwer, das wirklich zu akzeptieren. Mir jedenfalls.

*

Ich muss nach allem, was geschehen ist – nach der Begegnung mit Papa, nach dem Durchwühlen von Aminas Sachen, um endlich das Kuvert mit dem Geld zu finden, das sie für ihre Mitgift bekommen hat, nach dem Telefonat mit Laura, dass das Geld vielleicht nicht reichen wird –, allein sein, im Dunkeln des Zimmers, angekuschelt an Nomi, der sich noch gestern auch an Amina gekuschelt hat. Das Wühlen in Aminas Sachen fühlte sich so respektlos an, war aber unvermeidlich. Ich muss retten, was noch zu retten ist. Ich könnte dabei zusammenbrechen. Oder eher: auseinanderfallen. Ich halte mich aber zusammen wie die Ränder einer Wunde, ich darf erst loslassen, wenn ich meinen Fuß auf sicheren Boden gesetzt habe, wenn Laura mich umarmen kann, meine Mutter. Wenn ich weiß, ich kann jetzt loslassen, ohne dass jemand zu Schaden kommt. Jetzt und hier muss ich Papa sicher nach Hause bringen. Jetzt und hier muss ich funktionieren. Morgen lege ich Blumen auf den frischen Haufen Erde. Und dann gehen wir. Für immer.

15

Und wenn man glaubt, es kann gar nicht mehr irrer werden, kommt Laura daher. Immer. Sogar, wenn ich mit Papa in einem Land kurz nach dem Krieg feststecke. Susi dreht jetzt vermutlich durch. Arme Susi. Mein Leben ist eine absurde, höllische Achterbahn, und ich nehme alle mit, die mir nahestehen. Ob ich will oder nicht. Ob sie wollen oder nicht.

»Hab das Geld!«, kreischt sie in den Hörer. »Ist Amina schon aufgetaucht?«

Ich will es nicht jetzt von vorne aufrollen, etwas, das mich wieder in kleine Schmerzteile sprengen wird. »Später«, sage ich. »Laura, du rettest uns«, füge ich noch an und treibe Tränen in mich zurück. »Du weißt gar nicht, was mir das bedeutet!«

Und du weißt nicht, was ich dir erzählen muss, denke ich gleichzeitig. Aber nicht jetzt. Nicht jetzt. Erst wenn Papa und ich in Sicherheit sind. Ich will weinen können, wenn ich es sage, und jetzt und hier ist noch kein Raum für Tränen. Weinen ist Luxus, wenn du funktionieren musst.

»Hast du es schon auf mein Konto geschickt?«

»Was heißt geschickt? Ich habe es mitgebracht! Kommt zum Flughafen, ich bin da«, brüllt Laura in den Hörer.

»Was heißt, du bist da?«

»Da wie *da*. Hier wie *hier*. Am Flughafen«, sagt sie, bevor die Verbindung abreißt.

Ich rufe mehrmals an und lande immer nur auf ihrer Mailbox. Vermutlich ist der Akku alle, Laura vergisst immerzu, ihn rechtzeitig aufzuladen.

*

Laura hat wieder angerufen. Natürlich: Akku war leer.
»Ich hab's mir anders überlegt: Ich komme zu euch.«
»Laura, ich liebe dich, aber ich will nur noch eins: weg!«
»Ich will aber sehen, wo du herkommst.«
»Glaub mir, das willst du nicht. Und es ist viel zu gefährlich! Du hättest gar nicht herkommen dürfen! Was ist mit deiner Mutter? Susi hat dir diesen Irrsinn erlaubt?!«
»Natürlich nicht! Ich bin abgehauen.«
»Laura, es ist wirklich gefährlich hier.«
»Scheiß dich nicht an! Du hast das selbst so gemacht!«
»Spinnst du? Ich kenne dieses Land! Ich spreche die Sprache! Was wird Susi jetzt tun?«
»Wenn sie spätestens morgen merkt, dass ich nicht bei Lynne bin: vermutlich zur Polizei gehen.«
»Bleib, wo du bist«, flehe ich. »Und geh ja nicht allein raus«, sage ich, während ich im Kopf fieberhaft alle Möglichkeiten durchgehe. Sie darf nicht auffallen, mit ihren bunten Haaren.
»Und zieh was auf den Kopf!« Ich würde es nicht ertragen, wenn Laura auch etwas passiert. Es darf ihr nichts passieren.
»Schon gut«, sagt Laura. Und sie lacht, unbeschwert wie immer.
»Oh mein Gott, da gehen Typen mit Maschinengewehren rum.«
»Soldaten?«
»Nein! Einfach irgendwelche Typen!«
»Was hast du geglaubt, wie es hier jetzt ist? Geh unauffällig irgendwohin, wo viele andere Menschen sind.«

»Die schauen mich an! Die kommen auf mich zu!«
»Die werden vorbeigehen.« Ich hoffe es jedenfalls. »Tu so, als wären sie nicht da. Starre nicht! Sonst erregst du ihre Aufmerksamkeit.«
»Ich hau jetzt ab!«
»Laura«, sage ich. »Bleib, wo du bist. Im Flughafen ist es sicherer als draußen.«
»Jetzt sind sie wirklich vorbeigegangen. Hab noch nie so ein Waffending gesehen, gruselig.«
»Laura! Bitte bleib, wo du bist, rühr dich nicht von der Stelle! Wir sind bald auf dem Weg zu dir! Amina ist tot. Und dir darf nichts passieren.«

Laura lacht noch eine Runde, weil sie glaubt, ich hätte einen dummen Scherz gemacht. Dann hört sie mich schluchzen. Und dann reißt die Verbindung erneut ab.

*

Ich werfe mit zitternden Händen Aminas und meine Habseligkeiten in die Rucksäcke. Ich fange Nomi ein und schiebe ihn unter meine Jacke. Er ist nicht begeistert über die Enge und stemmt mir seine Pfoten in die Seite.

Draußen wartet Edris in seinem Auto. Mit laufendem Motor. Gleich werden wir Papa holen. Und dann weg. Weg.

Ich umarme Mani und verspreche, ihm Geld zu schicken. Edris wird ab jetzt nach ihm und Aisha nach seinem Esel sehen. Dann laufe ich zum Wagen und drehe mich nicht mehr um. Staub auf der Straße. Wie damals, als Papa ging. Nur gehe diesmal ich.

*

Meinen Vater zu überreden, den Keller zu verlassen, ist alles andere als einfach. Er sträubt sich, er zittert vor Angst. »Das schaffst du, Papa«, sage ich, als Edris ihn mehr oder minder die Treppen hinaufträgt. »Wir schaffen das!« Draußen hält er sich die Hände vors Gesicht, weil ihn die Sonne so blendet. »Du wirst es wieder mögen, Papa«, muntere ich ihn auf.

*

Am Flughafen schlägt mir ein heißer Wind wie eine Walze ins Gesicht. Ich werfe einen Blick durch die staubigen Fenster: Die Stadt trägt ein Nebelkleid aus Smog. Die Straßen sind voll, die Geschäfte haben offen, ein Straßenhändler zieht mit seinem Bauchladen voller bunter Tücher vorbei. Solche Tücher, die früher meine Mama und meine Tante zu unseren Festen getragen haben, leuchtende Seide.

Vielleicht, denke ich, vielleicht ist es feige, diesem Land den Rücken zu kehren. Nicht so zu sein wie Delal, Aisha, Miryam und Wayne. Aber Lauras Welt hat mich neu geformt, verändert, ich will so sein, wie ich jetzt bin, ich will nicht sein, wie es hier notwendig wäre. Ich schäme mich dafür. Schon wieder. Weil ich es bequem haben möchte. Und sicher. Ich schäme mich. Sie passen nicht mehr zusammen, meine Vergangenheit und meine Zukunft.

»Du kehrst alldem den Rücken zu«, sagt eine Stimme in mir. »Ist das tatsächlich richtig so?« Und ich antworte mir selbst: Ich weiß es nicht. Aber ein Blick auf die ausgemergelte Gestalt meines Vaters reicht mir, um zu wissen: Er braucht Sicherheit. Er muss hier weg. Dieses Land hat ihn kaputt gemacht. Ich weiß nicht, ob ich jemals wieder herkommen werde. Ich habe keine Ahnung.

*

Laura kommt mir in der Halle entgegengestürmt. Sie ist blass um die Nase, sie hat auch geweint. Wir fallen uns in die Arme.

»Wie gut, dass du lebst«, flüstert Laura. »Ich hab solchen Schiss bekommen.«

Und ich flüstere: »Aber wie scheiße, dass du dich in Gefahr gebracht hast. Mach das nie, nie wieder.«

Nomi strampelt in meiner Jacke, und Laura ist eine ganze Zeit lang mit ihm beschäftigt. »Wie süß, wie süß, ich wollte schon immer eine Katze!«

»Das ist Nomi, und er gehört meiner Oma.«

In Lauras Gesicht steht noch mal Angst geschrieben, als sie meinen Vater sieht.

»Lass uns nach Hause gehen«, sage ich zu ihr, und sie ergreift meine Hand. Es fühlt sich an wie immer, und wir gehen zum Schalter.

*

Wir nehmen das nächstbeste Flugzeug. Es ist eine eher heruntergekommene Maschine, die vermutlich etliche Jährchen auf dem Buckel hat. Laura hat langsam genug von ihrem Abenteuer und wird leicht grün um die Nase. Mein Vater sitzt zusammengesunken in dem Sitz neben mir, ihm ist übel, er muss sich übergeben. Ich lege meine Hand auf seine nasse Stirn, wie meine Mutter es immer bei mir macht, und er schließt die Augen und döst ein wenig. Mein Vater sitzt am Fenster, ich in der Mitte. Laura tut sich schwer mit ihm, mit seinem Geruch, mit seinem Zittern. Ich weiß es, auch wenn sie nichts sagt.

Laura hält meine Hand, ganz fest. »Willst du mir von Amina erzählen?«

Ich schiele nach meinem Vater, er schläft, im Augenblick muss ich nicht auf ihn aufpassen. Ich schlucke. Und schon spüre ich Lauras Arme um mich gewunden, eine Berührung, die ich die gesamte Zeit unterwegs vermisst habe, so sehr vermisst habe, dass ich mir nicht einmal erlaubt habe, diese Sehnsucht zu spüren. Und ich drücke mich an sie, spüre ihre Wärme, ihr Parfum ist glücklicherweise zu Hause geblieben, sie riecht nicht nach Erdbeerkaugummi mit Wodka, sondern nur nach sich selbst. Sie riecht nach zu Hause, ich bin bei ihr zu Hause, ich bin mit ihr zu Hause, ich will sie niemals wieder loslassen. Nie wieder.

Aber Nomi will, dass ich sie loslasse, und zwar sofort. Er faucht und windet sich heftig in meiner Jacke, in der eingewickelt ich ihn ins Flugzeug gebracht habe, weil er durch uns unsanft gequetscht und geweckt worden ist. Ich denke daran, was ich meiner Mutter sagen werden muss. Ich denke daran, dass Aminas Platz jetzt für immer leer bleibt. An unserem Küchentisch. Im Zimmer meiner Mutter. Aber da wäre ja sowieso mein Vater eingezogen.

Etwas kommt. Etwas geht.

Dass sie nie wieder mit mir abends im Garten sitzen und Tee trinken wird, nie wieder Rami am Nachmittag abholt – das wird mir nun nach und nach bewusst. Es war kein Raum dafür bis jetzt. Ich wage es erst, als ich Laura neben mir spüre. Ich denke daran, wie ich Aminas Kleider eingepackt habe, ihre Schuhe, ihre Unterwäsche. Intimste Dinge, die sie mir so nie gezeigt hätte, es fühlte sich an, als hätte ich ihre Grenzen damit verletzt, dabei gab es keine Grenzen mehr. Ich denke an ihr bestes Kleid, an ihren glänzenden Zopf, an ihre Schönheit. Ich denke, dass ich Amina niemals hätte mitnehmen sollen. Dabei hat ja eigentlich sie mich mitgenommen. Und sie hat mir wohl nicht die ganze Wahrheit gesagt. Ja, das hat sie nicht. Trotzdem.

Und dann schildere ich Laura stockend, wie Amina diesen verdammten Apfel abreißt. Wie sie ihn der Frau, die sie Stiefmutter nennt, überreicht. Und dann in unserem alten Haus verschwindet. Wie ich mir nichts denke. Nichts.

Ich erzähle: wie ich neben der Bank stehe, auf der Amina auf einem weißen Leintuch liegt, bevor Delal das Leintuch zuschlägt und ihr Kleid mit der rotbraunen, ausladenden Blume aus Blut, ihr Gesicht, offenes Haar darunter verschwinden.

Ich erzähle von den Gerüchten, Amina hätte sich umgebracht. Die Verrückte. Die immer schon so seltsam war.

»Glaubst du das?«, fragt mich Laura.

Ich traue Amina alles Mögliche zu, aber nicht, dass sie mir so etwas antut. Sie hätte mich nie in diesem Land im Stich gelassen. Aber sie hat mir auch Dinge verschwiegen. Doch irgendwas in mir weigert sich, diese Gerüchte zu glauben. Was, wenn jemand Rache genommen hat?

»Nein. Und was wohl dieser Apfel sollte?«

»Vielleicht ein Begrüßungsbrauch«, mutmaßt Laura.

Ich kenne keinen solchen Brauch. All das ergibt einfach keinen Sinn. Vor allem ein Detail nicht:

Wir waren noch gar nicht am Friedhof gewesen. Niemals hätte sich Amina einfach umgebracht, bevor sie nicht Blumen auf dem Grab ihres Mannes abgelegt hätte. Sie hat doch die ganze Zeit davon gesprochen.

Ich habe keine Ahnung, wie ich es meiner Mutter beibringen soll. Seit Laura da ist, fühle ich mich plötzlich weicher, weniger erwachsen. Verlorener. Vielleicht, weil ich das erst jetzt spüren darf.

Als das Flugzeug landet, will ich mich am liebsten auf den Boden werfen und mit dem ganzen Körper spüren, dass wir angekommen sind. Wieder zurück sind. Aber da ist Nomi, und Nomi macht Lärm und ist, als wir den Zollbereich durchqueren, sehr gut hörbar, und als Nächstes haben wir Diskussionen mit den Beamten: keine Papiere für den Kater und natürlich auch keine Impfungen – woher auch –, und Nomi muss in Quarantäne. Er faucht fürchterlich.

Mein Vater wird vom Bodenpersonal in einen Rollstuhl gesetzt, weil er sich kaum auf den Beinen halten kann. Laura schiebt ihn, ich marschiere daneben, die Hand auf seiner Schulter. Durch einen langen, schwarz getäfelten Gang. Und dann gehen Türen auf, Türen zu, und wir treten in das blendende Sonnenlicht, das in die Ankunftshalle fällt. Es ist eine Wiedergeburt.

Teil 3

Segelsetzen

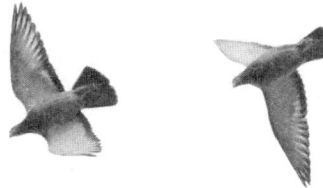

16

Alles hat seinen Preis. Auch eine Rückkehr. Nein. Vor allem eine Rückkehr. Das weiß ich jetzt. Was ich nicht weiß, ist, ob ich bereit gewesen wäre, diesen Preis zu zahlen, wenn ich es früher gewusst hätte. Aber mich hat ja niemand gefragt. Und gewarnt hat mich auch niemand. Ich werde also damit leben. Leben müssen. Und dankbar sein, dass ich leben darf. Und mich täglich dafür entschuldigen. Ja, ich weiß, ich trage keine Schuld. Das hat Frau Wischmann gesagt. Und Susi. Und meine Mama auch. Sogar Rami. Und wenn mein kleiner Bruder so was sagt, kann man davon ausgehen, dass es echt ernst ist, weil er Dinge erst checkt, wenn es absolut am Eskalieren ist. Vielleicht falle ich immer auf die Beine, wenn ich stürze. Aber andere tun das nicht. Man darf einfach nie davon ausgehen, dass alle Katzen sind. So wie ich.

Vor dem Abstürzen kommt das Nachschauen. Vor dem Nachschauen kommt das Ankommen. Vor dem Ankommen liegt das Aufbrechen. Nach dem Sturz kommt lange nichts.

*

In der Nacht setzt sich Amina auf den Rand meines Bettes, stützt das Kinn auf ihre zierliche helle Hand und sieht mich ruhig an. Ihr Blick ist nicht hart, sondern beinahe verschmitzt, als würde sie mir gleich ein Spiel vorschlagen. Das Haar ist offen und leuchtet im Mondlicht, das Perlmuttschim-

mer auf ihren Hals malt, und als ich mich aufsetze, um sie zu umarmen, beginnt ihr Haar sich zu bewegen, als wäre sie unter Wasser – nicht wie Schlangen an einem Medusenkopf, eher wie die einer Meerjungfrau –, und sie greift in den Ausschnitt ihres schönen Kleides, das sie trägt, holt einen roten, glänzenden Apfel hervor und streckt ihn mir entgegen. *Rot auf weiß.* Als ich nach ihm greifen will, wache ich auf.

Ich schlage die Augen auf und weiß kurz nicht mehr, wo ich bin. In Papas Keller? In dem kleinen Zimmer bei Mani, dem Bekannten meiner Großmutter? Im Bus? In meinem ehemaligen Zimmer, das ich mit Rami teile?

Ich hole Luft, sie ist frisch und süß, sie weht aus dem geöffneten Fenster herein, die Grillen zirpen, und die Rosenhecke verströmt ihren Duft in die Dunkelheit, neben mir der helle Arm mit pinkem Flamingoflaum in der Achselhöhle: Ich liege in Lauras Bett. Auf dem Nachttisch blinkt ihr Wecker in Regenbogenfarben, es ist halb vier Uhr nachts.

»Laura«, flüstere ich, aber sie schnarcht so laut wie eh und je. »Laaaaaura.«

Sie grunzt und dreht sich weg.

Ich lasse kurz meine Handfläche auf ihr liegen, um Nähe aufzutanken. Dann höre ich Stimmen. Noch kein Geschrei, aber fast. Was zum Teufel ...

Ich schlüpfe aus dem Bett, öffne Lauras Zimmertür und gehe langsam die Treppe runter.

In unserer Küche brennt Licht. Aber jetzt sitzt keine Amina fröstelnd mit aufgekratzter Haut dort, auch nicht meine schweigende Mutter, die in den kalten Tee in ihrer Tasse blickt, ohne sich zu rühren. Mein Vater geht unruhig hin und her, wie ein gefangenes Tier, ganz genau: wie ein angeschossenes, gefangenes Tier. Hinter ihm: meine Mutter, die jedem seiner Schritte folgt.

»Eli«, fleht sie. »Bitte, lege dich wieder hin! Du bist noch schwach!«

Er stoppt nur kurz. »Ich brauche was zu trinken.«

Sie beeilt sich, füllt ein Glas mit Wasser und reicht es ihm.

Er nimmt einen Schluck, bevor er das Glas so heftig absetzt, dass das Wasser hinausspritzt. »Das ist ein Dreck.«

»Eli!«

Er dreht sich weg, sein Atem geht schwer. »Lass mich allein«, knurrt er, kämpft mit sich und fügt dann freundlicher hinzu: »Bitte.«

Meine Mutter kann nie loslassen, wenn etwas eskaliert, früher schon schlecht und jetzt noch viel schlechter. Sie geht näher zu ihm.

»Eli, du hattest einen Albtraum ...«

»Verschwinde!«

Ich betrete die Küche. Sie tun mir beide so furchtbar leid. All die Freude, sich wiederzusehen. Wie meine Mutter ihn an sich gedrückt hat am Flughafen. Er war so ausgemergelt und gekrümmt, dass er plötzlich kleiner wirkte als sie. Er, wie er so vorsichtig die Arme um sie legte, als machte ihm das Angst.

Ja, diese Freude, dass Papa wieder da ist, trübte sich bald. Leider. Es ist so, als hätte ich meinen Papa gefunden und auch wieder nicht. Mein Papa, der früher so sportlich war und lange Wanderungen liebte, verkriecht sich lieber im Schlafzimmer und zieht die Vorhänge zu. Er ist es nicht mehr gewohnt, sich frei bewegen zu können, es verunsichert ihn. Er war doch so lange auf engem Raum eingesperrt, sagt er. Wir sollen Geduld haben, sagt er. Und ist selbst am ungeduldigsten mit sich. Er will keinen Schritt in den Garten setzen, in den Sonnenschein, in die Wärme. Er kann nicht schlafen, je weniger er schläft, desto seltsamer ist er. Er erträgt keine schnellen Bewegungen anderer Menschen. Er tut sich schwer mit Berührungen. Und, wie der alte

Papa von früher, tut er sich auch sehr schwer mit allem, was ihm nicht so gelingt, wie er es selbst von sich erwartet. Es ist ein verdammter Teufelskreis.

*

Gestern kam ein Brief, zwei Wochen sind wir schon zurück. Diese Art von Brief, auf den wir immerzu gewartet haben, als wir auf ein Lebenszeichen von Papa hofften. Mit vielen Poststempeln und Briefmarken. Aber nicht wegen Papa, sondern wegen Amina. Darin steht, dass man sehr bedauere, meiner Mutter mitteilen zu müssen, dass ihre ältere Schwester sich umgebracht habe. Leider, aber eben die Tat einer armen Seele, die nie wusste, was gut für sie ist, schreibt eine entfernte Verwandte meiner Mutter.

Meine Mutter wirft den Brief, ohne ein Wort zu sagen, weg. Um ihn zu lesen, muss ich den Mülleimer ausräumen.

*

Und jetzt dreht mein Vater mit meiner Mutter diesen unangenehm halb aggressiven Tango durch unsere Küche. All der Schmerz, durch den sie versuchen, sich wieder aufeinander zuzubewegen. Die Freudentränen meiner Mutter sind recht schnell den Tränen der Hilflosigkeit gewichen. Zwischen uns und Papa steht eine Mauer aus Schweigen. Mein Vater will nichts erzählen von dem, was ihm passiert ist. Er schweigt, als ob es nichts weiter dazu zu sagen gäbe. Meine Oma fragt ihn nie. Meine Mutter hat es jetzt langsam aufgegeben. Sie wäre schon froh, wenn er wenigstens zum Arzt gehen würde. Er ist das alles nicht mehr gewohnt: weiche Betten, Licht und frische Luft, die fremde Sprache, die Nähe von Frauen. Viele Frauen. Die alle ohne ihn klarkommen noch dazu. Von meiner Oma lässt er sich noch am ehesten beruhigen, aber jetzt schläft sie tief und fest in Ramis Zimmer. Ich will nicht, dass sie aufwacht und das alles mitbekommt. Ich will auch nicht, dass Rami aufwacht.

»Papa«, sage ich. »Mama will doch nur, dass es dir besser geht.«

Er dreht sich nicht zu mir. Er steht, auf die Küchenzeile gestützt, und glotzt in die Spüle, als ob dort irgendeine Lösung heranreifen würde. Sie reift nicht. Darum rede ich weiter.

»Ich will das auch. Komm, Papa. Wir legen uns alle wieder hin.«

Ich sehe in der Spiegelung im Fenster kurz den Schatten der Angst über sein Gesicht ziehen. Er glaubt, ich merke es nicht. Ich kenne das aber zu gut selbst, um es nicht bei anderen wahrzunehmen. Er fürchtet sich nach seinem Albtraum, wieder einzuschlafen. Ich weiß, wie das ist. Aber man kann lernen, die Angst abzulegen, das weiß ich. Irgendwann. Bestimmt. Irgendwann kommt eine wie Frau Wischmann und begleitet einen in ruhigere Zeiten. Aber man muss sich dafür schon auch begleiten lassen.

Mein Vater lässt sich eiskaltes Wasser übers Gesicht rinnen, schüttelt sich und wankt an uns vorbei ins Schlafzimmer, in dem noch vor kurzer Zeit Amina neben meiner Mutter geschlafen hat. Es ist alles immer noch so absurd. Absurd.

Ich umarme meine Mutter. »Lass dir Zeit«, sage ich. »Lass ihm Zeit.«

Meine Mutter nickt bemüht.

Und lass mir Zeit, denke ich, aber ich spreche es nicht aus.

»Nächste Woche gehe ich endlich wieder zur Psychologin«, seufzt sie, und es klingt wie ein Stoßgebet.

Wir alle brauchen solche Zufluchtsorte nur für uns. Aber Papa hat keinen. Papa will keinen. Dabei hätte ich sogar einen Notfalltermin für ihn bekommen. Normalerweise wartet man Wochen und Monate auf einen Therapieplatz. Und er hat es verkackt. Und abgesagt. Jetzt dauert es ewig.

Ich habe Glück. Frau Wischmann hat mich in den Ferien eingeschoben. Das tut sie sonst nie. Ihr Urlaub ist ihr heilig. Aber ich darf übermorgen in ihre Praxis. Der Ohrensessel mit dem weichen Kissen darauf ist meine Rettungsinsel inmitten des stürmischsten Ozeans mit meterhohen Wellen.

Meine Mutter gähnt und wird plötzlich weich und sinkt auf dem Küchenstuhl zusammen wie ein Schneemann in der Sonne. Sie hat bestimmt ein Schlafmittel genommen und schafft es nicht mehr, gegen die Wirkung anzukämpfen. Mein Vater hätte eher eins nehmen sollen – aber auch das hat er rundherum verweigert. Wenigstens zu einem Arztbesuch konnte ich ihn überreden. Er hat eine elendslange Liste diverser Verletzungen erhalten. Und die Empfehlung, sich einer längeren Untersuchung im Krankenhaus zu unterziehen. Er hat gesagt, es gehe ihm gut und ist rausgewankt und vor der Arztpraxis in die Knie gegangen.

Ich helfe meiner Mutter auf und begleite sie ins Schlafzimmer.

Die Schranktür steht halb offen, und ich renne beinahe dagegen. Als ich versuche, sie zu schließen, klemmt sie.

»Ich konnte Aminas Sachen einfach noch nicht anrühren«, flüstert meine Mutter. »Der Rucksack steht immer noch da drin. Ich habe es bisher einfach nicht über mich gebracht, ihn auszupacken.«

Ich schleiche mich zurück in Lauras Zimmer: Versuche jetzt zu schlafen, nehme ich mir vor, und dann fällt mir der Traum mit Amina und dem Apfel wieder ein, wegen dem ich überhaupt wach geworden bin. Ich will verstehen, was passiert ist. Und ich weiß jetzt auch, wo ich mit meiner Suche beginnen werde. Dort, wo die letzte Spur hinführt, hat mein Vater doch immer gesagt.

*

Frau Wischmann sieht mich sehr streng an. So streng, wie sie mich noch nie angesehen hat. Es passt gar nicht zu ihrem weichen, runden Gesicht mit der Stupsnase und dem sanften Doppelkinn, zu ihrem bunten, luftigen Kleid, zu ihrer knallgelben Brille, die im Haar steckt. Sie hat einen Sonnenbrand auf der Stirn, die Haut schält sich. Ich starre auf diese sich ablösenden Hautschuppen, um ihr nicht antworten zu müssen.

»Hörst du mir überhaupt zu?«

Ich nicke.

»Warum bist du dorthin gefahren, ohne jemandem Bescheid zu geben?«

Ich liebe Frau Wischmann. Sie hat mich über eine lange Zeitspanne hindurch gerettet, gestützt, geschützt. War immer aufmerksam, immer auf der Suche nach dem Besten für mich. Ja, ich bin ihr sehr dankbar. Aber hier werden wir nicht auf einen gemeinsamen Nenner kommen, fürchte ich.

Ich schweige.

»Du hast doch gewusst, wie gefährlich es ist! Ich dachte, wir wären schon weiter!«

Ich beuge mich vor. »Frau Wischmann«, sage ich. »Es ging nicht anders.«

Was soll ich sagen? Dass ich wusste, dass ich nie fortgekommen wäre, wenn ich jemandem davon erzählt hätte? Dass es aus ihrer Sicht ausschließlich verrückt gewesen sein muss, was ich getan habe – für mich aber nicht?

Frau Wischmann ist so aufgewühlt, dass sie die Brille aus dem kupferroten Haar holt und sich auf die Nase setzt, vermutlich, um mich über den Brillenrand hinweg noch strenger ansehen zu können.

»Und wie geht es jetzt weiter, Madina?«

»Ich gehe ab morgen wieder zur Schule. Und mache meinen Abschluss.«

Sie seufzt. »Das ist auch das einzig Sinnvolle.«

»Aber, Frau Wischmann, das habe ich nie infrage gestellt.«

»Ich mache mir Sorgen, wie es mit dir und deiner Familie weitergeht. Du bist sehr belastet. Ich sehe das doch.«

Ich schweige erneut. Meine Nerven sind ausgedünnt wie Kaugummistränge, an denen man zu lange gezogen hat.

»Ich möchte nicht, dass alle unsere Fortschritte wieder untergraben werden, weil deine Familie glaubt, sie könne alles bei dir abladen.«

»Mir geht es halbwegs okay.«

Ich weiß ganz genau, dass das nicht stimmt. Ich wundere mich ein bisschen über mich selbst, als hätte ich Papas Widerstände übernommen, als hätte ich tatsächlich seine Rolle eingenommen. Was für ein Blödsinn, denke ich dann. Ich bin doch freiwillig bei Frau Wischmann. Ich habe um einen Termin gebettelt!

Sie sieht mich an, diesmal wesentlich liebevoller als vorhin. »Du hast etwas sehr, sehr Trauriges in deinem Gesicht, Madina.«

Das öffnet meine Tränenschleuse so unerwartet wie gründlich.

Als ich gehe, habe ich Augen wie ein Karnickel, einen neuen Termin und die schriftlich verfasste Aufforderung, besser auf mich aufzupassen. Das Blatt mit dem Text darauf soll ich auf meinen Nachttisch legen und jeden Tag in der Früh anschauen.

Ich fahre mit dem Bus nach Hause, weil ich es mir nicht erlaube, ohne Laura auf dem Marktplatz abzuhängen oder draußen bei schönstem Wetter durch Gassen voller Blumenstauden mit einem Eis in der Hand zu schlendern, während sie Hausarrest erleiden muss.

Als ich zurückkomme, höre ich Ramis Gelächter aus dem Garten. Ich habe ihn schon lange nicht mehr so laut und hemmungslos lachen gehört. Er gurgelt beinahe, als hätte man ihm einen Freude-Zaubertrank verpasst.

Ich spähe über die Rosenhecke: Rami spielt mit meinem Vater. Also: Rami spielt, und mein Vater sitzt auf der Bank und sieht ihm zu. Und lächelt. Seit er wieder da ist, sehe ich meinen Vater das erste Mal lächeln. Rami wirft ein Frisbee, aber anders als früher, ganz vorsichtig, so dass die rote Scheibe zu Füßen meines Vaters zum Landen kommt. Papa hebt es auf und wirft es mehr schlecht als recht zurück. Rami jubelt, fängt die Plastikscheibe und rennt zu meinem Vater, streichelt Kassandra, die sich immer einmischen möchte, wenn jemand Sachen wirft, im Vorbeilaufen über den Kopf, während sie versucht, nach dem Frisbee zu schnappen. Rami ist schon ganz atemlos, aber immer noch euphorisch.

Ich werfe das Gartentor hinter mir zu, denke an Amina, wie jedes Mal, wenn ich das Tor berühre, seit wir zurück sind. Hier standen wir wie ein Team. Furchtlos. Und jetzt ist sie weg und ich bin noch da. Rami weiß nichts davon, er glaubt, Amina ist noch dort. Meine Mutter hat es einfach nicht übers Herz gebracht, ihm die Wahrheit zu sagen. Ich bin gespannt, was ihre Therapeutin dazu sagen wird. Lügen platzen. Irgendwann. Immer. Irgendwann müssen wir mit ihm reden. Ich habe solche Angst davor.

»Hallo, ihr zwei«, sage ich.

Rami zischt zu mir hin, zischt von mir weg. »Stör uns nicht«, kreischt er atemlos. »Das ist nur mein Spiel. Nur unseres. Du hast Papa lang genug für dich allein gehabt!«

Mein Hintern, der gerade im Landeanflug auf die Bank gewesen ist, hebt sich wieder.

Papa lächelt. Erneut. Er wirkt wirklich deutlich entspannter.

»Ich habe Durst«, sagt er dann. »Würdest du uns bitte etwas zu trinken bringen?«

Er könnte auch Rami fragen, verdammt noch mal. Egal, Rami freut sich so sehr, ich will ihn jetzt nicht aus dem Spiel reißen und würge mögliche Antworten lieber hinunter.

Als ich in die Küche gehe, um ihnen Zitronenwasser zu holen, entdecke ich eine von Susis Weinflaschen versteckt hinter dem Küchenschrank.

»Lass ihn doch«, beruhigt mich Laura, die auf dem Sofa im Wohnzimmer fläzt mit Nomi, der vor Kurzem aus der Quarantäne durfte, auf ihrem Bauch. »Wenn es ihn entspannt, wieso denn nicht.«

»Laura, du verstehst das nicht. Er hat Alkohol immer verabscheut.«

Sie verdreht die Augen. »Ja, dann hat er jetzt eben seine Meinung geändert.«

»Seine Meinung, dass Frauen Männer zu bedienen haben, hat er leider nicht geändert. Wo ist Susi eigentlich?«

»Mit Johann und deiner Oma bei der King.«

»Und meine Mutter?«

»Bei ihrer Therapie. Jeder hat was zu tun, bloß ich nicht. Schweinerei.«

»Doch, hast du.«

»Ach ja? Und was?«

»Ich möchte durch Aminas Sachen schauen. Vielleicht finden wir etwas.«

Ich will es nicht darauf beruhen lassen, dass meiner Mutter erklärt wurde, ihre Schwester hätte einfach Selbstmord begangen.

Wir leeren Aminas Rucksack über Lauras Bett aus. Ganz viel roter Sand fällt heraus: Eine meiner Welten berührt schon wieder die andere. Ich sage das Laura, Laura flucht, weil sie nun das Bett neu beziehen muss, wegen meiner Welten.

Ich kann Aminas Sachen nicht anrühren, ohne zu weinen. Ein Unterhemd. Mehrere Unterhosen. Ihr nicht so schönes Kleid. Das schöne ist bei ihr geblieben.

»Du hast doch alles selbst eingepackt«, wirft Laura ein. »Wenn du da nichts entdeckt hast, wird nichts Wichtiges drin sein.«

Ich lasse mich nicht beirren. Vielleicht fiel mir damals nicht auf, was uns jetzt auffallen könnte.

Wir gehen also nochmals alle Kleidungsstücke durch. Ich denke an den schwarzen Rock, den Amina bei uns in der Küche aufgetrennt hat. Wir müssen genauer sein, als ich es in meinem ersten Schock gewesen bin.

Ein Tuch knistert, als wir es bewegen. Nur ganz leicht.

»Schau mal«, sagt Laura und schüttelt es.

Ich taste es ab: Tatsächlich, auch hier hat Amina etwas eingenäht.

Laura hält mir ihre Schere hin.

Es fällt ein zusammengefaltetes Stück Papier heraus. Wir schnappen gleichzeitig danach. Ein Brief. Ein alter Brief. Amina muss ihn seit Ewigkeiten besessen haben, das Papier ist dünn und abgegriffen. Ich entfalte ihn vorsichtig. Man kann nicht mehr alles entziffern, die Schrift ist ausgeblichen, vielleicht hat sie den Brief wieder und wieder gelesen. Ein sehr groß geschriebenes *Amina* steht gleich am Beginn. Dann folgt ein Fleck.

»Was steht da«, drängt Laura. »Was? Was?«

»… *ein Ärgernis. Wie immer wieder. Eine Schande! Du kannst nicht erwarten, dass dir einfach verziehen wird. Weder von deinem Vater noch von mir.*«

»Wer schreibt das?«

»Ich weiß es noch nicht, verdammt noch mal!«

»Sieh unten nach, muss ja unterschrieben sein.«

Der untere Teil des Briefes: vollkommen abgegriffen und knapp vor dem Zerfallen, die Schrift nicht mehr zu entziffern. Wieder ein

Fleck. Wir wissen weder, wann der Brief geschrieben wurde, noch von wem.

Ich lese weiter: »*Du bist eine einzige Schande.*«

»Hatten wir schon«, kommentiert Laura trocken. »Wer immer das verfasst hat, wiederholt sich gerne.«

»*Du weißt ... du weißt, was zu tun gewesen wäre ...*«

»Wieso hat sie diesen Brief mitgenommen?«, frage ich mich. »Es muss etwas mit unserem Dorf zu tun haben.«

»Vielleicht trägt ... trug sie ihn immer mit sich herum, als Erinnerung.«

»Als Erinnerung an was?«

»Madina! Wo bist du?«

Meine Mutter ist offensichtlich wieder da.

»Bei Laura!«

»Komm mal runter!«

Ich fluche.

Wir packen Aminas Sachen schnell zurück in den Rucksack und legen den Brief in eine Holzkassette, in der Laura früher ihre Liebesschmerzbriefe (unabgeschickte von ihr und abgeschickte an sie) aufbewahrt hat. Deswegen prangt ein großes rotes, geborstenes Herz auf dem Deckel. Selbst gemalt.

»Was immer das ist, es passt da hin«, befindet sie.

Ich laufe die Treppe runter, in Gedanken bei dem Tag, als Amina den roten Apfel gepflückt hat. Kaum bin ich bei meiner Mutter angelangt, kaum hat sie ihre Einkaufstasche auf dem Küchentisch abgestellt, kaum haben wir begonnen auszupacken, fragt mein Vater schon von draußen, wann es Abendessen gibt.

Meine Mutter freut sich, dass er essen will. Er muss wieder zunehmen, hat der Arzt gesagt. Und die gebrochene Nase wird operiert, wenn er stabiler ist.

Wir sind im Paradies hier, denke ich. Vor vier Monaten hätte ich nicht gedacht, dass ein Arztbesuch, eine notwendige Operation ein Segen sind. Man gewöhnt sich an solche Dinge noch viel schneller als an eine größere Wohnung.

»Ich fange bald an, mein Lieber«, sagt meine Mutter. »Ich muss nur kurz mit Madina sprechen.«

»Fangt gleich an und sprecht danach.«

Meine Mutter hätte früher nicht einmal gemerkt, dass diese Aussage nicht in Ordnung ist. Sie hätte sich gefreut, dass Papa etwas von ihr braucht, das sie ihm geben kann. Und sich beeilt, egal was sie gerade dabei war zu tun. Jetzt sehe ich, wie sie ganz kurz innehält, als ob sich etwas in ihr sträuben würde. Ich schaue aus dem Fenster. Rami hat sich zu meinem Vater gesetzt und sich an ihn gekuschelt. Er schweigt, ein seltenes Ereignis, so selig ist er. Irgendwann nimmt er Papas Hände in die seinen. Mein Vater zieht sie zurück. Nicht schnell genug.

»Wachsen deine Fingernägel wieder nach, Papa?«, fragt er. Er bekommt keine Antwort, woraufhin er sich selbst eine gibt: »Aber sicher wachsen sie nach! Haare wachsen ja auch nach!«

*

Lynne kommt ganz knapp vor Schulbeginn zurück, so knapp, dass wir uns vorher nicht mehr sehen können.

»Hab was mitgebracht«, sagt sie geheimnisvoll.

»Was für uns?«, kreischt Laura ins Telefon.

»Jein.«

»Was soll das heißen?«

Lynne sagt nichts, aber es plingt ein Foto auf unseren Displays auf. Ein kleiner rostbrauner Hund, der auf ihrem Schoß sitzt.

»Das ist eher was für Kassandra«, sagt Laura. »Falls sie einen Urlaubsflirt sucht.«

Ich finde den Hund süß, trotzdem ist mir diese Neuigkeit gerade nicht so wichtig. Ich will lieber weiter nach Anhaltspunkten zu Aminas Tod suchen. Ich muss auch noch an ihre anderen Sachen ran. Aber die sind im Zimmer meiner Eltern. Und da komme ich jetzt nicht rein.

Gerade schläft da mein Vater. Meine Großmutter sitzt mucksmäuschenstill am Bettrand und hält eine Hand auf seiner Stirn, Nomi zu ihren Füßen. Er lässt es zu. Sie hat den Tod von Miro, dem kleinen Bruder meines Vaters, mit keinem Wort erwähnt. Und auch Amina nicht. Als ob es ungehörig wäre, von den Toten zu sprechen. Meine Mutter kocht und bewacht nebenbei den Eingang zur Höhle des Löwen, sie hat bereits Rami abgefangen, als er hineinstürmen wollte. Ich muss warten.

*

Übermorgen ist wieder Schule. Früher war ich immer aufgeregt. Der erste Schultag nach den großen Ferien. Jetzt ist mir alles irgendwie egal.

*

Es sollte mir nicht egal sein. Ich will doch Ärztin werden. Ich habe Frau Wischmann versprochen, dass ich die Schule abschließe. Und ich bin es Frau King schuldig. Und vor allem: mir selbst.

*

Ich kann nicht mehr. Keine Luft mehr. Keine Kraft.

*

Ich bin echt blöd. Ich hab so viel geschafft, bin immer wieder aufgestanden, und jetzt will ich auf einmal aufgeben?

*

Ich habe so viele Albträume, dass ich seit Tagen bei Laura im Bett schlafe. Noch wird es ihr nicht zu viel.

*

»Wo warst du eigentlich, Papa?«, frage ich ihn, als wir in der Sonne auf seinem Lieblingsbänkchen sitzen, gleich neben unserem Fenster.

»Im Kriegsgebiet«, weicht er mir aus.

»Ich meine, bevor ich dich im Keller fand.«

Er senkt den Kopf, kratzt an seinen Händen, fast wie Amina früher. Sie waren sich ähnlicher, als sie es je zugegeben hätten, schießt es mir durch den Kopf. Derselbe Widerspruch, derselbe Eigensinn, dieselbe Wut. War bestimmt nicht leicht für meine Mama, eingeklemmt zwischen diesen beiden.

»Im Gefängnis.« Das sagt er sehr, sehr leise, seine Stimme bebt vor Empörung. Ich kann ihn kaum hören. »Als wäre ich ein Verbrecher.«

»Wie lange?«, bohre ich weiter. Ich will doch verstehen können, was mit ihm passiert ist.

Er rückt von mir ab. »Zu lange.«

»Was ist nach dem Kriegsende passiert? Ich weiß doch gar nichts.«

»Die Aufseher flüchteten. Sie ließen unsere Türen versperrt. Wir saßen fest, ohne Licht, ohne Wasser.« Er schüttelt den Kopf, als könnte er alles ungeschehen machen. »Irgendwann kamen andere und befreiten uns. Ich bitte dich, ich will nicht darüber reden.«

»Aber warum hast du dich dann nicht bei uns gemeldet?«

Papa schweigt und starrt auf seine zerschundenen Hände. »Ich wollte mich zuerst in Ordnung bringen.«

Ich sehe, wie sehr ihn das kurze Gespräch anstrengt, ich bringe ihm also einen frischen Minztee raus und setze mich einfach still wieder auf die Bank. Und wir sitzen noch ein wenig in der Sonne und schweigen gemeinsam.

*

In der Nacht höre ich meinen Vater im Schlaf wieder voller Angst schreien. Ich denke an dunkle Zellen, in denen sich heiße Luft staut, kuschle mich noch enger an Laura und versuche weiterzuträumen.

*

Amina sitzt bei mir am Bett, sie trägt ein langes schwarzes Kleid, ihr glänzender Zopf peitscht um sie herum wie der Schweif eines wütenden Tieres. Sie hält Lauras Holzkiste auf ihrem Schoß, in die wir den Brief gelegt haben. Sie öffnet die Kiste, holt den Apfel daraus hervor und streckt ihn mir entgegen. An ihrem Ringfinger glänzt ein breiter goldener Ehering, den ich nie zuvor gesehen habe. Dann reiße ich meine Augen auf.

Ich wache eine Stunde zu früh auf, Laura schnarcht, unsere Schulsachen sind noch immer nicht gepackt. Ich stehe auf und werfe mein Zeug in meine Tasche, lieblos, wahllos, nicht so wie früher, als ich die Buntstifte am Abend vor Schulbeginn behutsam nach Farben sortiert habe. Gehe in Susis Küche und mache mir Kaffee.

Ich will nicht in unsere Wohnung runter. Ich will dort niemanden sehen.

Ich will jetzt ganz für mich sein.

Toi, toi, toi für die letzte Runde, schreibt Markus uns, bevor wir in den Bus steigen.

Laura, die sich nicht so aufgebrezelt hat wie üblich, weil sie verschlafen hat, textet zurück: *Die Gladiatorinnen grüßen dich.*

17

Es ist total seltsam, wenn keine King im Klassenzimmer auf uns wartet wie jedes Jahr. Alle sind entweder aufgedreht oder betont gelangweilt. Ich mag die anderen aus meiner Klasse eigentlich ganz gern, heute können mir allerdings alle gleichzeitig den Buckel runterrutschen. Dabei haben wir uns alle lange nicht mehr gesehen. Es werden Urlaubsfotos gezeigt, Sabine und Max sind jetzt ein Paar, Jonas, der letztes Jahr so nett zu mir gewesen ist, als diese Scheiße mit den Demos ausbrach, hat sich das Bein gebrochen und liegt im Krankenhaus. Schade, dass er nicht da ist. Er wollte schon immer viel über mich wissen. Über meine Geschichte. Mehr als Laura. Und ich hätte gerne mal wieder mit ihm geredet.

Ein Aufruhr entsteht, als das neue Klassenoberhaupt endlich den Gang entlanggerauscht kommt. Ich hoffe so sehr, dass es nicht jemand ist wie unsere Direktorin mit ihrem Bond-Bösewicht-Schreibtisch! Oder die Lehrerin, die Frau King in den letzten Wochen ersetzt hat. Die war so uninteressiert an uns gewesen, dass es sogar Laura auffiel.

Die Tür geht auf, alles hält gebannt den Atem an – und herein kommt der Bast, unser Biolehrer vom vorletzten Jahr. Nicht die Vertretungstante. Nicht die Albtraumdirektorin. Der Bast hat es offenbar darauf angelegt, seriös zu wirken: Er hat die Haare nicht mehr so lang, er trägt sogar ein richtiges Sakko, nur die Turnschuhe sind gleich geblieben. Hoffentlich hat er es jetzt heraus, wann er streng sein soll und wann nicht, bisher ist er immer viel zu lasch gewesen und hat dann gegen Ende des Schuljahrs plötzlich von Blumenkind auf Galeerenmeister umgeschwenkt.

Er lächelt, er winkt, er sagt: »Überraschung!«, und es ist vermutlich die beste Überraschung im jungen Schuljahr. Und wieder einmal füllt er ein Glas mit Wasser bis zur Hälfte, stellt es auf sein Pult und fragt: »Halb voll oder halb leer?«

Und ich frage mich, ob er es schafft, das Glas bis zum Pausenläuten wieder unabsichtlich umzuwerfen. Und dann frage ich mich zum allerersten Mal: »Ist es vielleicht halb leer?«, und schäme mich gleich darauf so sehr für meine Undankbarkeit. Ich hab so was nicht gedacht, als wir im Bombenkeller saßen. Nicht einmal, als damals meine beste Freundin gestorben ist! Und hier sitze ich, lebendig, unversehrt, voll und fettglänzend vor Glück, und wage, das Glas als halb leer zu befinden? Echt jetzt, Madina? Echt jetzt?

*

Laura flirtet mit dem Neuen in der Nachbarklasse. Dunkle Locken wie ich. Überhaupt sieht der mir irgendwie ähnlich, nur in etwas ausgebleichter Ausführung. Ich sage ihr das, und sie lacht mich aus.

Ich könnte jetzt an Flirten nicht mal ansatzweise denken, sage ich ihr, und sie meint, es wäre eben keiner da, der mich faszinieren würde. Ich glaube, mich würde momentan nicht einmal der weltweit begehrteste Traumprinz interessieren, wenn er jetzt persönlich für mich daherkäme. Auf einem weißen Einhorn.

Wir fahren nach Hause, wir hören Musik wie immer, jede einen Ohrstöpsel in einem Ohr, alles fühlt sich kurz normal an. Das Normale schiebt sich immer wieder ins Irre hinein und führt dazu, dass ich in einer Art Collage lebe. Besser als nur im totalen Irrsinn, finde ich.

Wir kommen an, und Susi erwartet uns mit vorwurfsvollem Blick und fragt Laura, ob die sich neuerdings bei ihrer Weinsammlung bediene, es fehlen mehrere Flaschen. Laura verneint vehement. Ich blicke zu Boden und sage nichts.

*

Ich schaue im Zimmer meiner Eltern vorbei. Papa sitzt im Ohrensessel bei zugezogenen Vorhängen wie so ein Vampir. Mama kommt gerade rein, schiebt die Vorhänge beiseite und will das Fenster aufreißen mit einem »Liebling, du brauchst frische Luft!«.

»Lass das!«, fährt sie mein Vater an, so laut, dass sie vor ihm zurückweicht.

Rami macht sich am Küchentisch breit und malt Hasen für Franzi. Franzi kommt morgen zu Besuch, vertraut er mir an. Er möchte ihm Papa vorstellen. Er ist derartig glücklich, dass er auch wieder einen Vater vorzuweisen hat, dass der Stolz aus jeder seiner Poren austritt. Oma macht ein Mittagsschläfchen. Im Backofen reift ein Apfelkuchen.

Die Ausgangslage ist denkbar schlecht. Irgendwie muss ich heute alle loswerden, ich will endlich Aminas Sachen durchsehen, aber ich will nicht, dass man mich blöd fragt, was ich da mache. Papa geht immer noch nicht gerne raus, er bevorzugt es, viel im Zimmer zu sitzen. Oder im Garten. Ihn zum Spazierengehen zu bewegen ist nicht wirklich einfach. Verdammt. Schließlich erwische ich Rami und biete ihm zehn Euro, falls er es schafft, Papa zum Spielen im Garten zu bewegen. Rami ist sogar wirklich erfolgreich damit. Oma schläft noch immer, meine Mutter folgt den beiden in den Garten und hängt dort Wäsche auf. Der Weg ist frei.

Ich warte nicht auf Laura, die eine besonders lange Sitzung auf dem Klo hat (ich vermute eine lauratypische Unterhaltung mit dem Neuen aus der Schule), sondern stürze, bewaffnet mit meiner großen Badetasche, ins Schlafzimmer meiner Eltern und gleich zum Schrank.

Die Sachen meines Vaters kann man an fünf Fingern abzählen. Der Pullover, den ich liebe, weil er mich so an meine Kindheit erinnert, ein paar Hosen, Unterwäsche, ein Pyjama. Es riecht frisch gewaschen und nach Lavendel, meine Mutter legt immer kleine Sträußchen mit den lila Blüten zwischen die Kleiderstapel, fein säuberlich mit bunten Bändchen zusammengebunden. Es ist ein so rührender Versuch, alles wiedergutzumachen, eine Normalität ins Unnormale reinzubringen, dass es mich fast zum Heulen bringt. Die Sachen, die er über den Stuhl gehängt hat, riechen immer noch nach Rauch und Krankheit, muffig und säuerlich. Ob meiner Mutter gar nicht auffällt, dass er heimlich trinkt? Sagt sie nichts dazu, dass er jetzt raucht wie ein Schlot? Oder schiebt sie das weg, wie so vieles? Was nicht sein darf, ist nicht?

Meine Oma gähnt laut im Nebenzimmer, ich drücke mich in den Schatten des Schrankes. Sie schlurft zu den anderen hinaus in den Garten.

Aminas Sachen sind tatsächlich noch unangerührt, unverändert. Ich knie mich hin und beginne die Untersuchung mit dem Gefühl eines angehenden Sherlock Holmes. Da sind Socken, Unterwäsche in einem Leinensäckchen. Pullover und Röcke und Kleider. Amina ist nie ordentlich gewesen, nichts ist so fein säuberlich gestapelt wie bei meiner Mutter. Ich wühle blindlings mit der Hand durch, ob ich vielleicht ein Tagebuch oder ein Kästchen mit ihren Geheimissen finde, aber meine Finger berühren nur weichen Stoff.

Von draußen höre ich meine Großmutter, die meinen Vater fragt, ob er Kaffee haben möchte. Gleich kommt sie rein, fürchte ich. Ich ziehe wahllos einen Teil der Wäsche heraus, stopfe ihn in die Badetasche und verdrücke mich, bevor Zeugen auftauchen könnten, schleife alles in mein Zimmer, das erneut mir und nicht mehr Markus gehört, und kippe alles aufs Bett.

Ich habe Scheu, Aminas BHs und Unterhosen anzurühren, als wäre das eine Respektlosigkeit ihr gegenüber. Laura hat ihre Klo-Chats beendet und weniger Berührungsängste, ich nehme mir die T-Shirts vor. Ich gehe die Stoffe durch und finde – nichts.

»Wir müssen weitersuchen«, sage ich.

»Vielleicht irrst du dich«, wendet Laura ein. »Und es war doch anders, als du denkst.«

»Was, du glaubst, sie ist absichtlich in ein Minenfeld gerannt, obwohl sie mich damit im Stich ließ, ohne Vorwarnung, ohne zum Grab ihres Mannes zu gehen, und hat dabei keine Verletzungen erlitten, die dafür typisch wären?«

Laura senkt den Kopf. »Ich dachte nur, vielleicht steigerst du dich da in etwas rein.«

Ich raffe Aminas Sachen wieder in die Badetasche und schleppe sie wütend hinunter.

Als ich rauskomme, sitzt mein Vater an unserem Gartentisch, hat sich also schon freiwillig etwas weiter weg bewegt vom Haus, und liest ein Buch. Neben ihm eine Kaffeetasse und ein paar Kekse. Er greift gedankenverloren nach einem, tunkt ihn ein und saugt an ihm. Ich fürchte, dass ihm Zähne fehlen, aber er achtet darauf, dass man ihm nie in den Mund sehen kann.

Johann sitzt daneben und liest Zeitung. »Becca lässt dich grüßen«, sagt er, als er mich sieht. »Sie hat mich gefragt, wie es dir jetzt nach der Reise geht. Ich habe gesagt, das wirst du ihr am besten selbst erzählen, wenn du willst.«

Unser Nachbar – der, der unser Haus letztes Jahr mitbelagert hat und jetzt so tut, als wäre nie etwas gewesen – beobachtet uns säuerlich von seinem Balkon aus. Auf Johann ist er böse, weil er ihm Lokalverbot erteilt hat, auf Becca übrigens auch, weil sie dieses Lokalverbot auch resolut einhält, wenn er sich in Johanns Abwesenheit hineinmogeln möchte. Wir haben seinen Alltag ganz empfindlich gestört, hat er mal halb leise zu seiner Frau gesagt. Sogar komplett abgewertet! Halb leise hat er es gesagt, aber ich hab es trotzdem gehört. Hat sich über meine Familie aufgeregt, über Johann und über Becca. Er will uns nicht vor seiner Nase haben. Ich kann sein Gesicht gut lesen: die angeekelt gekräuselten Lippen, die zusammengekniffenen Augen. Als meine Oma dazukommt, um sich zu meinem Vater zu setzen, verlässt er seinen Beobachtungsposten und schlägt die Balkontür so laut zu, dass es alle im Garten hören müssen.

Ich bin nicht sicher, aber ich glaube, dass alles, was ich in den letzten Wochen erlebt habe, meinen Blick geschärft hat für solche Sachen. Das Unausgesprochene gärt und fault, bis giftige Blasen an die Oberfläche steigen. Ich beschließe, einen Abstecher ins Café zu machen und nach Becca zu sehen.

*

Becca steht hinter der Bar und putzt Gläser. Es ist nicht viel los.

»Hallo, Becca«, sage ich.

Sie lächelt mich an. Das erste Mal überhaupt. »Hallo.«

»Mein Vater ist wieder da.«

Sie lächelt breiter. »Ich habe es schon von Johann gehört. Das ist wirklich sehr schön.«

Ich habe ihre Freundlichkeit nicht erwartet, ich bin direkt überrumpelt davon.

»Es geht ihm nicht so gut, wie ich gehofft habe.«

»Ist er verletzt?«

»Ja.«

Und dann fragt sie: »Innen oder außen?«, und ich denke, unsere

Vergangenheit macht uns vieles verständlicher, was die Menschen hier nicht kennen oder falsch einschätzen.

»Er kann nicht schlafen.«

Sie lässt das Glas sinken. »Vielleicht willst du mal mit ihm herkommen?«

Unvorstellbar, mein Vater will unseren Garten nicht verlassen. Aber vielleicht hat sie recht, vielleicht frage ich Johann, ob er uns nicht mal einfach herfährt.

Und dann beugt sie sich zu mir vor und fragt irgendwie verstohlen: »Wie sieht es aus jetzt? Ist es sicher?«

»Meine Tante Amina ist dort gestorben.«

Das hat Johann offenbar nicht erzählt, ihr Gesicht zeigt das deutlich. »Es tut mir sehr leid«, flüstert sie. Dann greift sie nach meiner Hand und drückt sie. »Ich kenne das. Es tut mir leid.«

»Ich weiß.«

Wir sehen uns an, wir verstehen einander besser als so viele andere Menschen.

»Ich wohne jetzt hier, im ehemaligen Büro von Johann. Du kannst mich immer besuchen. Wenn du willst.«

Ich nicke überrascht. Becca ist schnell wütend, aber sie ist wohl auch schnell voller Mitgefühl.

»Aber bitte allein. Ohne *die*.«

»*Die* ist meine beste Freundin«, sage ich. »Ich komme gerne, wirklich, aber ich will sie nicht ausschließen. Okay?«

»Ich traue ihr nicht.«

»Es ist nur so, dass wir, wenn wir uns alle prinzipiell misstrauen, eigentlich den Krieg fortführen, den wir erlebt haben, Becca.« Und mir fallen Luana ein und die anderen in meinem Dorf, die Verwandten meiner Tante und meiner Mutter.

»Weißt du vielleicht, ob ein Apfel ein Symbol für etwas ist?«

»Wie bitte?«

»Meine Tante hat ihrer Stiefmutter einen Apfel übergeben, vor ihrem Tod. Er hat vermutlich etwas bedeutet, ich weiß aber nicht, was.« Becca denkt fest nach. »Vielleicht so was wie Fruchtbarkeit?«

»Nein, das passt gar nicht.«

»Dann bin ich wirklich überfragt.«

*

Am Abend googeln Laura und ich uns die Finger wund und finden keinen Anhaltspunkt. Verdammt.

*

Es fällt mir sehr schwer, mich auf die Schule zu konzentrieren. Es ist jeden einzelnen Tag ein verdammter Kampf.

18

Wir kommen heim aus der Schule und finden Johann und meinen Vater gemeinsam rauchend auf der Bank vor dem Haus. Sie reden – mit Händen und Füßen. Es scheint irgendwie zu funktionieren. Im Notfall können sie es immer noch so handhaben wie die Männer aus unserem Dorf früher und einfach schweigend der untergehenden Sonne Rauchkringel entgegenblasen. Papa hat ein wenig Gewicht zugelegt, seine Wangen sind nicht mehr so eingefallen. Auch der grünliche Hautton ist in normale Blässe übergegangen. Das Dunkle, Verschleierte in seinen Augen bleibt.

*

Rami singt lauthals in der Früh und deckt freiwillig den Frühstückstisch. Premiere und Wunder. Mein Vater fragt ihn, wieso er das macht – es schwingt eine Unzufriedenheit in seiner Stimme mit.

»Weil ich was Schönes für Papa machen möchte«, sagt Rami, der das Unzufriedene in Papas Stimme nicht heraushört – oder nicht heraushören will. »Und weil ich für mich was Schönes machen will. Für uns alle.«

Mein Vater runzelt die Stirn. Ich auch. Wir sehen uns an, und es ist ein bisschen ein Blickduell. Offenbar will er, dass wir Frauen den Tisch decken.

Ich spüre das erste Mal Wut in mir hochkommen. Das kann er jetzt nicht liefern. Das lasse ich nicht zu, dass er alles beim Alten haben möchte, als keiner einen Schritt setzen konnte, ohne ihn zu fragen, weil er ja das Familienoberhaupt war. Die Dinge haben sich geändert.

*

In der Nacht schreit mein Vater so laut im Schlaf, dass Kassandra voller Angst anschlägt.

»Lasst mich!«, brüllt mein Vater. »Ich werde euch niemals sagen, wo meine Familie ist! Auch wenn ihr mir den letzten Nagel von der Hand zieht!« Er schreit nochmals, noch lauter, dann geht das Geräusch in Wimmern über.

Ich stehe nur im Nachthemd im Gang, mit klammen bloßen Füßen, und horche, wie meine Mutter ihn angurrt, so wie sie das immer getan hat, so wie es früher immer geholfen hat. Und ich höre ihn schluchzen, dann aufspringen, dann unruhige Schritte, dann die Eingangstür ins Schloss fallen.

Ich steige hinab, wie ich vor nicht allzu langer Zeit in die Unterwelt hinabgestiegen bin. Draußen ist es kalt, die warmen Nächte sind endgültig Geschichte. Mein Vater sitzt draußen im Pyjama, zusammengesunken und fröstelnd auf seiner Lieblingsgartenbank und weint. Er sieht mich nicht kommen.

»Es ist vorbei, Papa«, sage ich ihm. »Du bist in Sicherheit. Es wird dir hier nichts mehr passieren.«

Ich habe diese Sätze wieder und wieder von ihm gehört – an seine Patienten gewandt, an mich selbst –, immer war er derjenige, der alle anderen beruhigte, von dem sich andere beruhigen ließen. Ich habe diese Gabe offensichtlich nicht, er sieht auf, sein Gesicht ist verzerrt, er schreit mich an.

»Lass mich allein, geh weg!« Dann verbirgt er sein Gesicht im Pyjama. Und als ich immer noch wie angewurzelt stehen bleibe, flucht er leise in den Ärmel hinein. »Ich habe gesagt, geh weg. Ich will nicht, dass du mich so siehst!«

Ich ziehe mich ein bisschen zurück. »Du verkühlst dich noch. Und es gibt nichts, wofür du dich schämen solltest. Du hast alles getan, was in deiner Macht stand.«

»Hast du mich schlecht gehört oder nicht verstanden?«

Meine Mutter taucht am Küchenfenster auf wie ein nächtliches, erschrockenes Gespenst. »Eli?«

»Lasst mich alle, verdammt noch mal!« Er springt auf und flüchtet zur Hollywoodschaukel.

Meine Mutter kommt auch raus. Barfuß wie ich. Wir sehen uns hilflos an. Als ich später aus dem Fenster schaue, sehe ich meinen Vater zusammengekrümmt unter einer Decke auf der Schaukel liegen. Neben ihm eine Weinflasche.

Ich kann lange nicht wieder einschlafen, und als ich es doch tue, läutet gefühlt gleich darauf der Wecker. In der Schule bin ich so müde, dass ich nicht mitkomme, weil ich immer wieder einnicke.

»Na, zu lange gefeiert«, sagt die neue Deutschlehrerin, die letztes Jahr Vertretung bei uns gemacht hat und die sich nur für ihren Stoff und kaum für uns interessiert. Mir fehlt die King so sehr. »Reiß dich zusammen!«

Laura rammt mir ihren Ellbogen in die Seite, als mir die Augen erneut zufallen.

*

Und als wir aus der Schule zurückkommen, geht es weiter mit der Eskalation. Mein Vater sieht mich und wird ziemlich rot im Gesicht. Das Gelbweiße rinnt aus ins Tomatige, bevor er mich mit fürchterlicher Stimme anbrüllt: »Was zum Teufel trägst du da? Wer hat dir das erlaubt? Deine Mutter?«

Ich weiche zuerst einen Schritt zurück, zwinge mich aber dann, diesen Schritt wieder nach vorne zu gehen. »Das habe ich allein entschieden«, sage ich. »Und ich werde die Jeans auch weiterhin tragen. Das ist jetzt so.«

»Wie kannst du es wagen«, fährt er mich an. »Du bist nicht besser als deine Tante!«

»Lass Amina da raus. Sie ist tot und hat das nicht verdient!«

»Du hast doch überhaupt keine Ahnung, von was ich rede!«

»Dann erklär es mir.« Ich bin bereit für einen Kampf. Ich hege sogar leise Hoffnung, ich würde etwas dabei erfahren, das ich in Aminas Sachen nicht gefunden habe.

»Du bist wie sie, immer auf Disput und Widerspruch aus!«

»Das hast du mir selbst beigebracht, Papa.«

Er stutzt kurz in seiner Wut.

»Du hast gesagt, ich soll mir vertrauen. Selbst entscheiden, was richtig ist. Das tue ich jetzt. Ich vertraue auf meine Entscheidungen.«

Er sucht immer noch nach Worten für einen Gegenangriff.

Ich setze meine Attacke fort. »Und ich bin dir dafür dankbar, Papa.«

»Ich habe nicht gemeint, dass du dich derart schandhaft dabei benehmen sollst!« Papa weicht dem Angriff beinahe aus, schafft es aber nicht ganz.

»Ich habe mich dazu entschieden, nach dir zu suchen. Und Amina hat mir geholfen, dich zu finden. Wie kannst du nur weiterhin schlecht von ihr reden?«

Er wirft das Buch, das er eben noch gelesen hat, wie ein Wilder auf den Boden. Er überlegt, die Kaffeetasse hinterherzupfeffern, schafft es aber, sich zurückzuhalten. Er läuft fluchend ins Haus, ich höre die Tür knallen. Und meine Mutter flüchtet raus in den Garten. Wir haben kurzfristig den Effekt eines Wetterhäuschens, die Zeichen stehen auf Sturm.

Am Nachmittag sitzt meine Mutter verdächtig lange bei Susi, statt unten wie üblich den Haushalt zu schmeißen. Meine Oma backt ihren Apfelkuchen, als könnte er alles Übel von uns abwenden, so wie ihr silberner Anhänger in Form eines Auges den bösen Blick.

»Irgendwie war es deutlich entspannter hier, als dein Vater noch nicht da war«, sagt mir Laura am Abend, und ich wünschte, ich könnte ihr widersprechen.

*

Frau Wischmann ist besorgt, ihr gefällt überhaupt nicht, dass ich so müde aussehe.

»Da muss sich etwas ändern«, sagt sie sehr bestimmt. »Dein Vater braucht Hilfe.«

Ich erinnere mich an das erste misslungene Gespräch, das wir hier mit ihm geführt haben, vor einer Ewigkeit. Mit mir als Übersetzerin. Aber ich erinnere mich auch daran, um wie viel besser es meiner Mutter geht, seit sie in Therapie ist. Jeden Monat ein Stück weiter raus aus ihrer Traurigkeit und Angst. Schritt für Schritt besser. Und ich sehe auch, wie sie wieder unsicherer wird mit jedem Brüller, den mein Vater loslässt. Und gleichzeitig weiß ich, er hat so viel riskiert – für uns alle. Für seine Mutter. Für mich. Für Rami. Für meine Mutter.

»Ich halte dieses Schwanken zwischen Wut und Liebhaben nicht mehr aus«, sage ich Frau Wischmann und heule mir den Rotz aus dem Leib, schlimmer als die letzten Male.

»Du kannst deine Eltern lieben und dennoch dein eigenes Leben führen«, sagt Frau Wischmann. »Du weißt das doch, oder?«

Ich kann mir ein Leben ohne meine Eltern überhaupt nicht vorstellen. Weniger, weil ich sie so sehr brauche, eher umgekehrt. Ich erinnere mich daran, wie leicht das Leben in Venedig schien, wie unbeschwert. Und wie lange ich das nicht mehr fühle. Lange. Sehr lange.

»Du musst dir deine Ziele vorstellen, ganz konkret«, sagt Frau Wischmann. »Was würdest du dir wünschen?«

»Ich will Ärztin werden«, antworte ich wie aus der Pistole geschossen.

»Das sagst du schon sehr lange«, antwortet sie. »Aber wie stellst du dir das konkret vor?«

Ich bin kurz etwas ratlos. Ich habe kein vollständiges Bild von meiner Zukunft. Nicht wie, nicht wo, einfach gar nichts.

»Ich würde dir vorschlagen, dass du dir Fixpunkte festlegst. Um Medizin zu studieren, brauchst du einen Ort, der das anbietet. Hier gibt es nichts dergleichen. Du weißt, was das bedeutet?«

Es bedeutet, dass ich, wenn ich das erreichen will, was ich mir wünsche, erneut wegmuss. Schon wieder neue Wurzeln schlagen. Diese Vorstellung überfordert mich.

*

Am Abend liegen Laura und ich bei ihr im Bett und schauen einen Film. Ich kann ihm nicht folgen.

Laura boxt mich. »Was geht wieder in deinem Kopf ab, Madina?«

»Weißt du, ob Markus glücklich ist?«

»Hä? Willst du ihn wieder zurück?«

»Nein! Nicht in dieser Art glücklich.«

»Wie dann glücklich?«

»Glücklich mit seinem Studium. Mit seinen Plänen.«

»Ich hab absolut keine Ahnung! Frag ihn doch selber!«

Ja, da hat sie recht.

»Vermisst du ihn?«, bohre ich weiter.

»Sag mal, was ist heute los? Nein. Kein bisschen. Er nervt.« Dann grinst sie. »Doch, ab und zu, wenn ich ehrlich bin. Er ist schon ein netter großer Bruder.«

»Aber es war für dich okay, dass er weggegangen ist?«
»Ich werde vielleicht auch eines Tages weggehen. Was willst du denn hier im Kaff mit deinem Leben anfangen?«
Ich schweige lange. Zu lange.
»He, mach dir keine Sorgen«, sagt Laura. »Ich gehe nicht ohne dich. Wir gehen einfach zusammen.«

*

Wahnsinn. Was für eine Vorstellung. Wie ein ins Nebelige hereinbrechender Sonnenstrahl mit bitterkaltem Windstoß dazu.

*

Ich bitte Papa, wenigstens einmal zur Beratungsstelle zu gehen, die auch Mama betreut. Er müsste sowieso lange auf einen Termin warten. Er dreht sich wortlos einfach von mir weg.

*

Immer wieder denke ich an Markus. Heute aber besonders oft. Was wohl wäre, wenn wir noch zusammen wären. Mein Vater wäre vollkommen durchgedreht. Also so richtig.

*

Der Wind fegt die Blätter von den Bäumen, Kassandra tollt umher und versucht, sie zu fangen. Die Kälte ist viel früher gekommen als letztes Jahr. Rami malt Igel mit Äpfeln drauf, wie jedes Jahr um diese Jahreszeit. Es beginnt früher dunkel zu werden.

Manchmal schaue ich in der Nacht unruhig in den Garten raus, ob mein Vater nicht schon wieder draußen schläft.

Es ist niemand mehr da, der am Abend die Kerzen ins Fenster stellt, um die bösen Geister zu vertreiben. Das war der Job von Amina gewesen. Meine Großmutter glaubt nicht an Geister, meine Mutter hat keine Kraft, um sich um so was zu kümmern – oder es erinnert sie zu sehr an ihre Schwester, die sie verloren hat. Ich könnte es tun, um diese Tradition aufrechtzuerhalten, aber ich will nicht. Ich will eigene Rituale haben. Die Kerze würde sowieso nur Nomis Fell ansengen, weil er seine neugierige Nase überall hineinsteckt.

*

Lynne, ich und Laura treffen uns im Café.
 Becca fragt mich nach meinem Vater, fragt nach meiner Mutter und Großmutter.
 Ich nehme mir vor, sie alle miteinander bekannt zu machen. Ich hab zu viel Familie und Becca zu wenig.
 Lynne lädt uns alle ein, auch Becca. Lynnes Eltern schmeißen mal wieder eines ihrer rauschenden Feste im Atelier. Wie jedes Jahr. Einmal im Sommer, einmal im Spätherbst, einmal im Frühling. Im Winter ist die riesige Halle, in der ihr Vater malt oder ihre Mutter probt, viel zu kalt.
 Lynnes Vater kommt aus der Türkei, und immer wenn ich ihn sehe, frage ich mich, warum er alles das macht, was mein Vater nicht tun will. Er lernt die Sprache. Er sucht Freunde. Er … er ist einfach ganz anders. Und Lynne ist nie in der Verlegenheit, für ihn zuständig zu sein. Aber, wenn ich ehrlich bin: Mein Vater zwingt mich nicht dazu, für ihn zuständig zu sein. Ich fühle mich zuständig. Einfach so. Ich glaube, er würde gar nichts von mir verlangen, wenn ich nichts täte. Vielleicht wäre er sogar erleichtert. Ich weiß es nicht.

*

Mein Vater geht mit Johann spazieren. Ein kleines Stückchen. Ich bin total froh, dass Papa endlich die Umgrenzung des Gartens verlässt und zur Abwechslung mal nicht nur Frauen um sich hat, die alle irgendwas von ihm wollen. Zum Beispiel, dass er sich behandeln lässt.

Susi ist über die neue Freundschaft weniger begeistert als ich. Der Rauch zieht immer von der Gartenbank nach oben und in ihr Wohnzimmer. Eigentlich wollte sie, dass Johann mit dem Rauchen aufhört. Johann zeigte sich vor ein paar Monaten sogar geneigt, das zu versuchen. Dann kam mein Vater. Johann bringt Zigaretten mit. Und mein Vater raucht. Verdammt viel.

19

Dann kommt das Fest bei Lynne, und mein Vater will mir tatsächlich verbieten hinzugehen. Und ich weiß, ich weiß, das lasse ich nie wieder zu, dass er bestimmt, was ich zu tun und zu lassen habe. Am Tag hat er schon vor sich hin gebrummt wie ein schlafender Vulkan. Aber bis zum Abend könnte der Vulkan durchaus aktiv werden, ich mache mir keine Illusionen darüber. Und ich will nicht, dass meine Mutter wieder zwischen uns gehen muss, um uns zu entwaffnen, will nicht, dass meine Oma sich verantwortlich fühlt für die Stimmung. Es ist nur mein Vater dafür verantwortlich. Und ich, weil ich nicht klein beigeben will.

*

Laura und ich stehen vor dem Badezimmerspiegel und machen uns hübsch. Mein Haar reicht schon weit über die Schultern, das Haar, das ich abschnitt, als Papa damals ging. Den langen Zopf, der mir bis zur Hüfte reichte. Als Opfergabe. Und um eine neue Madina zu werden. Eine, die hierbleibt.

Laura – immer noch in der Hard-Rock-Phase – malt sich die Augen an wie einen Abgrund. Ich weiß jetzt schon, was in zwei Stunden passiert, dann verläuft das Schwarz rundum und macht ihr Waschbärenaugen, die alles andere als cool aussehen.

Aber Laura ist absolut beratungsresistent. »Paint it black«, kreischt sie und trägt noch eine Schicht über die vorhergehende auf. »Ich hab Primer verwendet!«

Ja, so wie die letzten Male auch. Ich weiß, dass sie später enttäuscht sein wird, dass ihr Meisterwerk erneut nicht hält, und stecke Abschminktücher ein, heimlich. Sonst ist sie gleich beleidigt.

Ich nehme Wimperntusche, einen grünen Lidschatten mit Goldsprenkeln, ziehe meine Augenbrauen nach. Meine Augen sind nun die einer Salamandergöttin. Ich mag das. Es macht mich geheimnisvoll. Finde ich. Ich nehme mir heraus, geheimnisvoll zu sein.

»Das Grün passt super zu deinem Gesicht«, teilt mir Laura mit.

»Aber schwarz ist die einzig wahre Antwort.« Sie versenkt eine halbe Dose Spray in ihrem Haar. Das stinkt.

Warum muss Laura olfaktorisch so überaus mitteilsam sein, echt. Sie wäre auch so auffällig genug.

Laura quetscht sich in ihre Plastikhose, die wie eine Lederhose aussehen soll und die so eng ist, dass sie sich hinlegen muss, um sie zu schließen. Ich betrachte den glänzenden Pseudoleder-Laura-Bauch.

»Bekommst du so überhaupt Luft?«

»Und was ziehst du an?«

Eigentlich wollte ich meine Lieblingsjeans anziehen, die eigentlich meine einzige Jeans ist, wie beim letzten Fest. Im Atelier ist es doch recht kühl und nicht sehr sauber, in einer Hose kommt man dort jedenfalls besser über die Abendstunden. Doch ich weiß, ich weiß, was passiert, wenn mein Vater mich abends weggehen sieht – in einer Jeans. In einer engen. Ich sollte ihn nicht noch mehr provozieren. Aber alles in mir sträubt sich gegen dieses Einlenken. Ich will da nicht hin. Und ich merke, dass ich mich beinahe schlafwandlerisch, wenn auch langsam, dorthin bewege. Ich stehe also da, in Unterhosen und mit der Jeans in der Hand, und bin ratlos, was zu tun ist.

»Es ist wegen deinem Vater, oder?«

Ich nicke nur. Fast könnte ich anfangen zu heulen, und dann ist meine ganze geheimnisvolle Schminke wieder weg. All die Mühe umsonst. Noch schneller als bei Laura.

Irgendwann kommt meine Mutter hoch, sieht mich mit der Jeans dastehen und kriegt diesen Blick, den ich so gut kenne. »Bitte, Madina. Nicht die.«

»Mama, du hattest doch bisher auch kein Problem mit der Jeans.« Sie weiß gar nicht, wo sie hinsehen soll.

»Du hast sie mir letztes Jahr doch selbst geschenkt!«

»Ja, das stimmt alles, Madina, aber wir wollen ihn doch nicht noch mehr provozieren … Du siehst doch, wie brüchig er ist …«

»Ich soll mich ändern, damit er ruhiger ist? Meinst du das? Wirklich?«

Meine Mutter windet hilflos die Hände ineinander. »Mach's für mich, bitte. Bitte, Madina. Er wacht jede Nacht schreiend auf.«

»Er muss sich verdammt noch mal helfen lassen!«

»Ja, schon, nur bitte … muss es ausgerechnet heute eskalieren? Ich verspreche, wir suchen nach Lösungen, vertraue mir, Madina. Nur bitte, komm mir heute entgegen.«

Ich lasse die Jeans fallen. Meine nackten Beine und die bunten Kacheln von Susis Bad und ein blaues Häufchen Elend zu meinen Füßen. »Ich vertraue dir«, sage ich. »Aber versprich mir, es bleibt jetzt nur bei diesem einen Mal.«

»Danke.« Sie nickt erleichtert.

Ich gehe in mein Zimmer, blicke lange und wütend in meinen Schrank und wähle schließlich ein rotes Samtkleid mit längeren Ärmeln. Das habe ich schon so lange nicht mehr ausgeführt, tröste ich mich. Die Schminke passt nicht mehr so gut dazu, aber darauf geschissen. Ich gehe ja nicht zu meiner Hochzeit, nur zu einem Fest.

»Bist du fertig?« Laura steht schon ungeduldig vor dem Haus.

Ich schaue aus dem Fenster: Kassandra muss erst abgewimmelt

und reingebracht werden, sie möchte mit und springt erwartungsvoll um Lauras mit Pseudoleder überzogene Beine.

»Klar!«, rufe ich und renne die Treppe hinunter. Mein Vater ist wohl im Schlafzimmer, ich sehe und höre ihn nirgendwo.

»Denk an das schöne Fest«, raunt mir Laura ins Ohr, als sie sich bei mir einhängt. »Und an das gute Essen!«

Das stimmt, Lynnes Vater macht die besten, zischendsten Schaschlik-Spieße am offenen Feuer, und die Salate von Lynnes Mutter sind Explosionen an würzig-süßen Noten mit Nüsschen und Rosinen. Außerdem macht sie Mohnstrudel und Baklava, die sogar die Kuchen meiner Mutter in den Schatten stellen. Sie kocht so, wie ich mir meine Welt wünschen würde: gleichwertig ineinanderpassend, der Geschmack vieler Universen. Ich denke an das knusprige Fleisch, an den gebackenen Käse, an den Fenchel-Orangen-Salat mit Käsestückchen und spüre, wie mir schon das Wasser im Mund zusammenläuft. Trotz allem, was davor war. Laura hat recht. Wir werden uns einen schönen Abend gönnen.

Der Mond steigt über dem Wald auf, unsere Schatten lang gezogen auf dem Weg. Wir fahren mit dem Rad, und ich muss verdammt aufpassen, damit das rote Kleid nicht zwischen die Speichen gerät. Es ist lästig. Es macht mich langsamer. Ich binde es hoch.

Wir radeln am Marktplatz vorbei und holen Becca ab. Sie hat die Haare hochgesteckt und ein rotes breites Band darin, sie ist vollkommen ungeschminkt, trägt einen langen roten Rock und eine kurze Jeansjacke. Sie sieht cool aus. Unabsichtlich haben wir uns offenbar im Partnerlook wiedergefunden, Rot in Rot.

Ich überreiche Becca mein Rad. Für mich muss jetzt Lauras Gepäckträger reichen.

Becca knotet ihren Rock hoch, wie ich zuvor, der Wind pfeift uns um die Beine. Glücklicherweise wohnt Lynne in der Nähe.

Vor dem Bauernhaus, in dem Lynne wohnt, steht schon ein kleines Grüppchen Menschen herum und lacht. Musik dringt aus dem Hof. Am Boden flackern Kerzen in Gläsern, die den Weg markieren. Und natürlich, wie immer, die leuchtenden Lampions in den Ästen. Lynnes Mutter, Michaela, schafft es jedes Mal, den etwas heruntergekommenen Hof zu verwandeln. In etwas Verzaubertes, das am Tag zuvor bloß ein vor längerer Zeit renovierter Bauernhof gewesen ist, mit verzogenen Holzdielen im Haupttrakt und mit nicht ganz so gut isolierten alten Glasfenstern, deren Zug man deutlich spürt. Jetzt sieht es hier aus wie in einer Feenwelt: die glühenden bunten Lichter, die Girlanden über den Fenstern, die riesigen bauchigen grünen Flaschen mit den Kerzen darin, die in den Ecken stehen und tanzende Lichter auf die Wände malen.

Das Atelier ist leer geräumt, Lynnes Vater hat die Staffeleien und die Leinwände weggebracht. Die schweren Skulpturen sind dageblieben. In der Mitte des Raumes liegt ein riesiger alter roter Teppich.

»Der war auf der Bühne bei Mamas letztem Theaterstück«, erklärt uns Lynne so stolz, als ob er dadurch etwas besonders Wertvolles wäre. »Ich habe mit Mama auf ihm getanzt.« An Becca gewandt sagt sie: »Komm, ich führe dich kurz im Haus herum. Die anderen kennen ja schon alles.« Dann fährt sie mich an: »Macht ja keine Skulpturen kaputt«, weil ich an einer filigranen Statue, die in der Ecke steht, geklopft habe, um das satte Klingen des Metalls zu hören. »Mein Vater bringt mich um!«

Becca lächelt. Sie kennt sich auch nicht gut hier aus, sie geht mitten unter Fremde und lächelt sie an. Wieso, frage ich mich, wieso kann hier jeder und jede besser auf dieses Land und die Leute zugehen als mein Vater? Wieso muss er der sturste aller hier ankommenden Esel sein? Warum quält er sich so sehr und uns gleich mit? Meine Gedanken werden von Lynnes Vater unterbrochen, gekleidet in ein kreischbuntes Hemd und Jeans mit Schlag unten dran, der uns Cocktails mit hübschen Schirmen bringt. Eigentlich sieht er meinem Vater sogar echt ähnlich, der Bart, die lockigen Haare, die blauen Augen, die breiten Schultern. Nur viel wilder. Nein, das stimmt so nicht. Früher haben sie sich ähnlich gesehen. Jetzt nicht mehr.

»Madina!«, ruft da einer, und ich sehe Jonas samt seinem Gipsbein auf mich zuhumpeln. Er ist größer geworden, nicht mehr so dünn, irgendwie sieht er gar nicht mehr aus wie die unscheinbare Bohnenstange von vor den Ferien. Er sieht aber genauso unsicher aus wie immer. Und wenn er unsicher ist, beginnt er so zu stottern, dass man ihn kaum verstehen kann.

»Ich habe mir solche Sorgen gemacht«, sagt er und ergreift plötzlich meine Hände. Wir fahren beide erschrocken auseinander über so viel unerwartete Nähe.

»Lynne … hat mir … alles über deine Reise erzählt. Es tut … mir so leid«, stottert er. »Ich habe mir gedacht … Ich habe mir gedacht …«

»Das ist sehr nett von dir«, sage ich.

»Ihr könnt ruhig weiter Händchen halten, macht mir gar nichts aus!« Laura ist wieder einmal der Elefant im Porzellanladen, genau genommen der Bulldozer.

»Danke, Laura.«

Der arme Jonas ist nah dran, samt seinem Gipsbein zu flüchten, würde ihm Lynne nicht den Fluchtkorridor abschneiden, indem sie mit Becca wieder auftaucht und ihr mit Händen und Füßen Jonas vorstellt. Sie haben beide köstliche Röllchen mit Schafskäse und Sesam vom Büfett erbeutet. Wir setzen uns hin.

Als sich der Raum langsam füllt, wird auch die Musik lauter, die Lichter gedämpfter. Michaela, Lynnes Mutter, wechselt von der Köchin zur Eintänzerin, mit fliegendem, offenem langem Haar und wehendem Kimono. Ich wippe nur so ein bisschen mit den Zehen mit, während Lynne längst auf die Tanzfläche gestürmt ist, bald gefolgt von Laura.

Becca lässt sich neben mir und Jonas auf dem Samtsofa nieder und schaut aufmerksam in die Menge.

»Na, ihr drei Spaßbremsen«, lacht Laura rüber, und ich finde das überhaupt nicht lustig.

Becca nippt an ihrem Drink, reicht ihn mir zum Halten, steht dann auf, betritt die Tanzfläche – und verwandelt sich. Zur Schlangenfrau. Ehrlich, sie tanzt sogar Michaela an die Wand. Es bildet sich ein Kreis um sie, Menschen sehen ihr fasziniert zu. Ihre Augen sind geschlossen, die Finger schnalzen, der Hüftschwung würde einige Popsängerinnen neidisch machen. Michaela ist überhaupt nicht neidisch, sie lacht und nimmt Becca an den Händen, und sie drehen sich in einem wilden Wirbel, während das Publikum zu klatschen beginnt. Es ist einfach nur wunderschön, ihnen zuzusehen.

Glänzende Sektgläser im Discokugellicht, Schwingungen der Musik, Bass und Sitar und Düfte verweben sich zu etwas, das ich durchaus als Rausch empfinde, obwohl ich nach wie vor keinen Alkohol trinken möchte. Irgendwann stehe ich auf, irgendwann drehe ich mich mit Laura und Lynne und Becca, fliegende Hände und stampfende Füße und Discokugelflecken in unseren Gesichtern, und ich habe das Gefühl, dass das Gewicht, das mich die ganze Zeit bedrückt, von mir fällt. Und irgendwann mache ich die Augen auf und sehe, dass Jonas mich mit so einem Blick ansieht, wie Markus das auch getan hat, und ich weiß wirklich nicht, warum ich das tue, aber ich tanze zu ihm hin, beuge mich runter und küsse ihn mitten auf den Mund. Seine Lippen sind ganz weich und samtig, und seine Augen, zuerst vor Überraschung und Schreck geweitet, schließen sich, und als er sie wieder öffnet, habe ich mich bereits auf die Tanzfläche zurückgezogen und lache. Das Leben kann auch einfach nur schön sein. Vielleicht nicht mehr unbeschwert, aber wenigstens im Moment schwungvoll. Ich will diesen Moment dehnen und ziehen und jeden Augenblick der Nacht genießen.

Gegen zwei Uhr nachts meint Becca, dass sie zurückmuss, sie soll Johann morgen früh helfen und will nicht vor Müdigkeit umfallen. Laura und Lynne und ich müssen nichts dergleichen, morgen ist Sonntag. Für uns bedeutet das: schlafen, so viel wir wollen. Für Becca: den stressigsten Tag der Woche im Café. Wir wollen sie nicht allein im Finstern radeln lassen und begleiten sie heim.

Natürlich hat Jonas mich nach meiner Telefonnummer gefragt, natürlich habe ich sie ihm gegeben, in dem Wissen, dass es bei diesem einen Kuss bleiben wird, ich habe keinen Raum für viel mehr und für ihn.

Laura holpert mit mir durch die Nacht und verkneift sich blöde Fragen. Diesmal radle ich, und sie hält sich an mir fest – sie wäre viel zu beschwipst, um selbst zu fahren. Am Marktplatz verabschieden wir uns.

Bevor Becca die Tür zum Café öffnet, dreht sie sich noch einmal zu uns um. »Richtet Lynne bitte meinen Dank aus. Es war ein wirklich schöner Abend.«

»Wir kommen dich morgen besuchen und das Rad abholen«, sage ich. »Lynne kommt sicher mit, dann kannst du es ihr selber sagen.«

Becca lächelt und schließt die Tür hinter sich.

»Mir ist schlecht«, sagt Laura.

»Wann lernst du es eigentlich, rechtzeitig aufzuhören?«

»Du klingst ... wie ... meine Mutter.« Laura hat schrecklichen Schluckauf.

»Die trinkt aber selbst, im Unterschied zu mir.«

»Jaja, ist schon gut.«

Als wir zu Hause ankommen, hat der Mond schon eine lange Bahn über den Himmel gezogen. Vom Boden steigt weißer Nebel auf. Vor unseren Mündern bilden sich kleine Wolken. Bald ist der Winter da, denke ich, als ich das Gartentor öffne, um das Rad hineinzuschieben.

Und dann erhebt sich gemeinsam mit dem Nebel noch etwas vor dem Haus: ein Umriss im Dunkeln, ein Schatten im Pyjama. Laura macht vor Schreck einen Satz rückwärts zum Zaun.

»So kommst du also daher«, knurrt der Schatten mit der Stimme meines Vaters. Er schwankt. »Mitten in der Nacht. Ich habe Stunden auf dich gewartet. Schämst du dich gar nicht?«

Der letzte Satz ist nicht mehr geknurrt, sondern geröhrt.

Laura hält vor Schreck den Atem an und greift nach meiner Hand. Ihre ist feucht, sie tut mir furchtbar leid.

Drinnen im Haus bellt Kassandra los. Auf Kassandra ist immer Verlass, wenn etwas gefährlich scheint. Vielleicht irrt sie sich, aber ich bin mir nicht sicher.

Papa will auf mich zugehen und fällt dabei beinahe über die eigenen Füße.

»Geh rein, Laura«, sage ich.

»Ich trau mich nicht an ihm vorbei«, heult Laura und schwankt ebenfalls ein bisschen.

»Geh hintenrum, durch den Hintereingang.«

Ich soll auf mich aufpassen, hat mir Frau Wischmann aufgeschrieben, und ich erwische mich wieder dabei, dass ich es noch nicht gut kann. Gar nicht gut.

Laura zögert. Eine beschwipste Laura bringt mir jetzt aber wenig Hilfe, ich will sie einfach nur in Sicherheit wissen.

Drinnen im Haus regt sich etwas, ich höre die verschlafene Stimme meiner Mutter.

»Wer hat dir gestattet, dir die ganze Nacht um die Ohren zu schlagen?«

Ich werde Mama nicht da reinziehen, schwöre ich mir.

Er kommt näher. Aus seinem Mund strömt ein fürchterlicher Alkoholgeruch.

»Geh mir aus dem Weg, Papa«, sage ich. »Du bist betrunken. Du sagst Dinge, die dir später leidtun werden. Lass mich in Ruhe.«

Er wirft die Flasche, die er in der Hand hält, mit einem solchen Schwung weg, dass sie unser Küchenfenster durchschlägt. Es regnet funkelnde Splitter. Jetzt geht auch im zweiten Stock, bei Susi, das Licht an. Ich gehe ein paar Schritte zur Seite, sicherheitshalber.

»Bleib stehen!«, brüllt er und greift nach mir. Ich drehe mich weg, aber er bekommt noch eine Haarsträhne von mir zu fassen, der Zug an der Kopfhaut tut richtig weh. Ich schreie auf.

»Ich hab über nichts mehr Kontrolle«, wimmert mein Vater, holt aus und will nach mir schlagen oder greifen, dabei verliert er das Gleichgewicht, fällt. Und brüllt, diesmal vor Schmerzen. »Wegen dir habe ich mich geschnitten!«

Ich fühle mich absolut tot, wie abgeschaltet, ich funktioniere nur noch. Ich weiche mehrere Schritte vor ihm zurück, damit er mich nicht mehr erwischt, und versuche im Mondlicht zu erkennen, wie schlimm er sich an den Scherben verletzt hat. Er brüllt wie ein Stier im Schlachthaus.

»Mein ganzes Leben ist nur scheiße, alles ist scheiße, ich hasse es!«

Die Tür fliegt auf, meine Mutter läuft mir entgegen und stellt sich zwischen uns. »Genug, Eli«, sagt sie mit einer Stimme, die ich noch nie bei ihr gehört habe, eine Stimme, die voller Wut und Empörung ist. »Genug!«

Hinter ihr torkelt meine Großmutter hinaus mit offenem weißem Haar, das im Mondlicht wie Spinnweben aussieht. Und ganz zum Schluss ein kreischender Rami, die aufgerissenen Augen untertassengroß.

»Papa, was hast du denn?«, weint er und versucht zu meinem Vater laufen, der sich ungelenk in den Scherben wälzt, meine Oma hält ihn zurück.

Meine Mutter will meinem Vater aufhelfen, er stößt sie so heftig weg, dass auch sie das Gleichgewicht verliert.

»Du hast deine Tochter in meiner Abwesenheit völlig verkommen lassen!«

Rami brüllt noch lauter. Meine Großmutter zögert kurz, als ob sie sich nicht entscheiden könnte, um wen sie sich zuerst kümmern soll, und nimmt dann Rami unter ihre Fittiche und führt ihn ins Haus.

»Sie streiten sich ein bisschen«, sagt sie zu ihm. »Sie werden sich wieder vertragen, hab keine Angst.«

Ich reiche meiner Mutter die Hand, ziehe sie hoch, wir blicken uns kurz an, entschlossen, geschockt. Das ist der Moment, in dem wir beide wissen: Es kann nicht mehr so werden, wie es war.

Und dann kommt auch noch Susi im Morgenmantel hinuntergerannt. Und hinter ihr Johann mit zerzaustem Bart und Haar.

Lauras bleiches Gesicht mit Waschbäraugenschminke schaut oben aus ihrem Fenster wie ein kleines Gespenst. Ich bin froh, dass sie da oben ist, sie soll nicht das tun, was ich immer wieder mache, sie soll nicht über ihre Grenzen gehen, sie soll lieber in Sicherheit bleiben.

Der Garten dreht sich, der Himmel dreht sich, der Mond dreht sich. Mein Vater sitzt in Scherben und blutet an der Hand und brüllt wie ein Irrsinniger. Was heißt da »wie«? Er ist irrsinnig. Er ist nicht, wie mein Vater war. Das Einzige, was ich gerade noch zustande bekomme: Ich versuche zu atmen.

Und nachdem Johann meinen Vater hochgezerrt und ihn mit festem Ruck auf die Bank gesetzt hat, nachdem er ihn zuerst geschüttelt hat, nachdem er ihm dann sehr deutlich gesagt hat, dass er jetzt entweder die Polizei ruft oder mein Vater sich beruhigt – und mein Vater vermutlich alles verstanden hat, wegen Johanns Gesichtsausdruck –, nachdem mein Vater mehrmals versucht hat, sich loszureißen und irgendwann zu einem Häufchen Elend zusammensinkt auf der Bank, auf der er immer mit Rami saß oder mit Johann rauchte, erst da spüre ich, dass ich weine. Und dass meine Mutter die ganze Zeit schreit. »Lass sie in Ruhe!«, schreit meine Mutter. Und dann sagt sie noch: »Du kannst nicht mehr bei uns bleiben. Nicht so.«

20

Der Morgen danach ist ein schrecklicher Morgen.

*

Johann hat Papas Sachen gepackt und ihn weggebracht, und mein Vater hat sich wegbringen lassen, mit Tränen in den Augen. Er wird in Johanns Wohnung über dem Café bleiben, ein paar Nächte. Nur ein paar Nächte.

*

Ich komme aus der Schule heim. Meine Mutter und meine Großmutter streiten das erste Mal, seit meine Großmutter da ist.

»Männer machen das eben«, sagt meine Großmutter, sie ist nicht laut dabei, sie ist nie laut, aber sie klingt eine Spur anders als sonst. »Das muss man aushalten.«

»Hier nicht«, sagt meine Mutter.

»Du bist seine Frau! Du musst zu ihm stehen!«

»Ich bin seine Frau, und er hat kein Recht, mich so zu behandeln!«

»Er ist krank, er hat sich für uns geopfert!«

»Ja, es sind ihm schlimme Dinge passiert.« Die Stimme meiner Mutter wird erstmals unsicher, brüchiger. Sie hat ein schlechtes Gewissen, ich höre es, ich kenne ihre Stimme, wenn sie ein schlechtes Gewissen hat. Und ich denke mir: Mama, du kannst doch nichts dafür! Weder für den Krieg noch für all dieses Elend.

»Du liebst ihn doch. Du musst Verständnis dafür haben!«
»Das habe ich«, flüstert meine Mutter.
»Deswegen hole ihn heim. Und entschuldige dich bei ihm.«
Mir platzt der Kragen, ich stürme rein. »Wofür? Sie hat nichts falsch gemacht!«
Meine Großmutter bleibt ganz ruhig. »Wenn ihr nicht genug Verständnis für meinen Sohn aufbringt, werde ich es tun. Und bei ihm bleiben.«
Meine Familie zerfällt um mich herum, dabei habe ich doch alles dafür getan, dass wir zusammen sind.

*

Becca ruft mich an.
»Dein Vater ist jetzt hier?«, fragt sie mich ganz verwirrt. »Und ihr seid gar nicht gekommen ... dein Fahrrad ist immer noch da!«
»Er ist vollkommen durchgedreht, es war schrecklich, Becca.«
»Ich habe ihn gesehen. Er war sehr traurig. Johann war bei ihm. Ich habe versucht, für beide zu übersetzen. Mein Deutsch ist noch nicht so gut wie deines. Keine Ahnung, ob es was gebracht hat. Willst du nicht vielleicht herkommen?«
In mir spielen sich tausend Gefühle gleichzeitig ab. Ich will sofort hin, ich will mich mit Papa versöhnen, ich bin unendlich wütend, ich bin traurig, alles gleichzeitig. Fast schießt es aus mir raus, dass ich sofort komme, sie soll nur ein bisschen warten! Und dann denke ich wieder an das Blatt, das auf meinem Nachttischchen liegt. Und dann hole ich tief Luft, lasse sie ausströmen und sage: »Es tut mir furchtbar leid, Becca. Ich komme erst, nachdem ich bei Frau Wischmann war und das alles mit ihr besprochen habe.«

*

Im Lauf des Tages erhalte ich mehrere Nachrichten von Beccas Handy, das sie offenbar meinem Vater geborgt hat.
Es tut mir schrecklich leid, steht da. *Bitte verzeihe mir.* Und etwas später kommt noch: *Bitte sage deiner Mutter, dass ich sie liebe.*
Ich antworte zuerst nicht. Dann schreibe ich: *Oma wird zu dir kommen.*

*

Man kann nicht weglaufen vor dem, was der Krieg gesät hat. Es ist wie beim Igel und dem Hasen, er steht schon da und wartet auf einen, egal wie schnell man läuft.

*

Frau Wischmann stellt eine Liste zusammen: Ärzte, Beratungsstellen, Juristen.
Zu den Juristen gehe ich ganz sicher nicht, das weiß ich. Ich will Papa doch nicht anzeigen. Ich will, dass er endlich eine Behandlung zulässt.
Ich fühle mich völlig orientierungslos. Ich habe vieles eingesteckt. Ich habe vieles ausgehalten. Aber diesen Zerfall von innen, den halte ich nicht aus. Den kann man nicht aushalten. Ich wollte doch immer nur, dass wir alle zusammen sind.
»Vielleicht ist die Zeit gekommen, deine Ziele für die Zukunft neu zu definieren«, sagt Frau Wischmann. Ich fühle mich so definiert wie ein Batzen aufgehender Hefeteig. Oder, noch besser, wie ein im Wind dahintreibendes Wölkchen.

*

Heute wäre eigentlich ein Besuch von Frau King geplant gewesen. Johann ruft sie an und sagt ab. Sie fragt ihn, warum, und er antwortet sehr ausweichend. Er geht im Garten hin und her, während er sie auf ein anderes Mal vertröstet.

Der Nachbar lauert auf dem Balkon und sieht ihm aufmerksam zu.

Danach ruft die King mich an und fragt, wie es mir geht. Ich möchte sie nicht belasten, sie ist doch noch so schwach. Darum erzähle ich nicht viel, obwohl ich ein großes Bedürfnis danach hätte.

Unser Nachbar steht noch immer auf dem Balkon und kräuselt seine Lippen höhnisch.

Etwas später ruft er Johann zu: »Ich habe dich gewarnt, die sind so.«

Und Johann brüllt zurück: »Wer hat dich denn gefragt, Hackfresse!«, und der Nachbar sieht überrascht darüber aus, dass Johann ihm nicht zustimmen will.

Ich geh raus in den Garten und zeige das allererste Mal den gestreckten Mittelfinger in Richtung Nachbarbalkon. Groß und deutlich.

Laura kommt runter und macht mit.

Er jammert über die verdorbene Jugend von heute und verlässt den Balkon demonstrativ angefressen. Hackfresse, ha.

*

Rami heult und hält Oma fest, er will nicht, dass sie weggeht.

*

Krieg ist ein Arschloch.
Das allergrößte.

*

Papa sagt, er will noch ein paar Tage bei Johann sein. Wenn Oma bei ihm bleiben darf. Natürlich darf sie das. Ob wir überhaupt gewollt hätten, dass er schon zurückkommt, darüber spricht keiner.

*

Ich kann nicht aufpassen, der Unterricht rinnt an mir vorbei. Ich muss das alles später nachholen. Wenn ich das Jahr nicht schaffe, kann ich nicht studieren.

*

Jonas bringt mir in der Pause eine Zusammenfassung von letzter Woche. Er sieht mich erwartungsvoll an. Es ist lieb von ihm, aber kein Grund, ihn noch mal zu küssen.

*

Ich habe absolut keine Kraft mehr, um zu schreiben.

*

Bald eine Woche um.

*

Rami hat Angst, alleine zu schlafen, jetzt, da Oma weg ist, er siedelt ins Schlafzimmer meiner Eltern über. Ich komme rein, um ihm gute Nacht zu wünschen und mit einem Leckerli sicherzustellen, dass Kassandra bei ihm bleibt. Mama ist ja bei Susi.

»Aber du gehst nicht weg, oder?«, fragt er mich und hält meine Hand fest.

Ich lächle und schüttle den Kopf.

»Wirklich nicht?«

»Nein, Rami. Nicht jetzt.«

»Und wann kommt Amina?«

Ich lege ihm wortlos sein Äffchen aus Plüsch ins Bett und lasse das Kuscheltier die Arme um ihn legen.

Vor lauter Papa-Stress habe ich meine Suche nach Aminas Wahrheit aus den Augen verloren.

*

Ich schleiche mich zu Mamas dunkler Holzkommode, wo sie all ihre Sachen aufbewahrt. Die Schublade, in der unsere Pässe lagen, ist zugesperrt. Der Schlüssel, der immer steckte, fehlt. Ich rüttle noch daran, als ich Mamas Schritte auf der Treppe höre, und laufe dann schnell in die Küche.

Mama ist verheult. Ich weiß nicht, was sie besprochen haben, ich weiß nur, dass ich den Schlüssel finden muss, der zu dieser Schublade passt.

*

Meine Mutter und Susi brechen auf in einer Art, wie Starship Troopers einem Raumschiff entsteigen. Laura bleibt bei mir. Ich habe keine Ahnung, wo sie hingehen. Meine Mutter hat mir nichts erzählt.

»Was machen sie?«, frage ich Laura.

»Gehen zu einer Frauenberatungsstelle, hat Mama gesagt. Mama hasst solche Szenen«, sagt Laura. »Das erinnert sie an ihre eigene Ehe.«

»Aber wer übersetzt denn für sie, wenn ich nicht mitkomme?«

»Wie wär's, wenn du dir einmal etwas Pause gönnst«, sagt Laura. »Mama hat gesagt, es gibt dort eine Übersetzerin. Chill.«

»Meine Mutter hat doch so was noch nie erlebt«, sage ich. Ich finde, dass sie sich echt tapfer hält. Ich hätte ihr das nicht zugetraut.

Es ist ein bisschen so, als ob meine Mutter, seit Amina nicht mehr da ist, etwas von ihr übernommen hat. Vielleicht war sie aber einfach auch immer bloß die kleinere Schwester. Und ist jetzt keine mehr. Zwangsläufig.

*

»Du darfst das alles den Erwachsenen überlassen«, hat auch Frau Wischmann gesagt.

Ich weiß überhaupt nicht mehr, wie das geht, etwas anderen zu überlassen. Es fällt mir manchmal gar nicht mehr auf, wenn alles über mich läuft. Ehrlich gesagt: nicht manchmal, sondern fast immer. Behördengänge aller Art – ausschließlich mit mir als Übersetzerin. Arztgespräche ebenfalls. In Ramis Kindergarten haben sie nur mich angerufen, wenn es Probleme gab. Außer Amina, die sich sehr bemüht hat, hat doch noch niemand Deutsch gelernt. Mama erlernt es erst jetzt, ein bisschen. Stückchen um Stückchen. Aus der Verantwortung entlassen hat sie mich trotzdem nicht, dazu ist sie zu unsicher.

Aber eines weiß ich, wenn ich mich nicht bald um meinen Kram kümmere, werde ich das Jahr vielleicht nicht schaffen. Es gibt niemanden mehr in der Schule, der mich schützt oder fördert. Herr Bast ist freundlich, aber er macht keine Ausnahmen für mich, er würde mich nie zu sich nach Hause einladen wie Frau King. Man kann sagen, er sieht mir freundlich beim Durchwandern des Schuljahres zu. Er geht nicht mit mir mit, wie sie es getan hat. Andererseits: Vielleicht brauche ich auch niemanden mehr, der neben mir wandert. Außer Laura.

*

Ich kann vieles den Erwachsenen überlassen, denke ich. Aber nicht die Geschichte mit Amina. Die liegt allein in meinen Händen. Niemand sonst will da näher hinsehen. Also warte ich auf eine Gelegenheit, ein bisschen wie ein Geier mitten in der Wüste, der einer schwankenden Kuh zusieht.

21

Als Mama mit Rami und Kassandra spazieren geht, um meinen Bruder etwas abzulenken, wittere ich die nächste Chance. Wo könnte dieser verdammte Schlüssel sein? Nicht einmal in der Schublade mit dem Besteck ist etwas zu finden. Als ich schon aufgeben will, sehe ich Mamas Handtasche auf dem Küchenstuhl. Ich öffne die große Ledertasche: Innen gibt es zwei Fächer, eine große Abteilung, eine kleine, und ein Seitenfach mit Reißverschluss. In der großen finde ich: eine Einkaufstasche zum Zusammenfalten. Eine Sonnenbrille. In der kleinen sind die Schlüssel und die Geldbörse. Ich überwinde meine Bedenken und öffne Mamas Geldbörse.

In einem Fach fühlt sich etwas hart an. Und ja: Das, was ich da ertaste, ist ein kleiner Schlüssel aus Metall.

Ich schnappe ihn und stürme zum Tischchen. Mir zittert die Hand ein bisschen, der Schlüssel springt hin und her, bevor ich ihn in das zugehörige Schlüsselloch bekomme. Dann drehe ich. Es geht leicht, meine Mutter verwendet ihn wohl oft. Die Schublade springt auf. Drin ist eine Kiste, aus der Papier herausragt. Ich hebe eins davon vorsichtig hoch: Es sind Briefe. Lauter Briefe. Manche alt, manche neuer.

Ich erkenne Aminas Schrift auf dem ersten sofort. Ich nehme alle Briefe aus der Kiste heraus, schließe wieder ab und lasse den Schlüssel an seinen Platz ins Dunkel der Geldbörse zurückfallen.

»Laura«, zische ich, während ich die Treppe hochrenne. »Laura, ich hab was!«

»Was«, gähnt sie, sie hat ein Nachmittagsschläfchen gehalten, das zum Abendschläfchen ausgeartet ist, wühlt sich aus ihrer Plüschdecke, die die gleiche Farbe hat wie die Achselflamingos, und blinzelt mich an wie eine Eule.

»Briefe, unter anderem von Amina.«

Laura fährt aus dem Bett, von der Eule zur Rakete geworden. »Zeig her!«

Ich fächere die Briefe vor uns im Plüsch auf.

»Da.« Laura fischt eine Seite heraus. »Die Handschrift kennen wir doch«, sagt sie und dreht den Brief um. »Die Unterschrift ist diesmal erhalten. Schau.«

»Nidia«, lese ich.

»Und wer ist das?«

»Keine Ahnung. Eine Frau.«

»Lies! Lies!«

Ich kehre an den Anfang des Briefes zurück. Dieselben schief nach hinten geneigten, krakeligen Buchstaben.

Mit jedem Brief kann ich dir nur dasselbe versichern, steht da. *Es gibt nichts, was heilen könnte. Du hast diese Familie beschmutzt. Deinen Vater. Mich. Deine Stiefbrüder. Alle. Wie kannst du es wagen, immer noch Kontakt zu uns zu suchen?*

Die Briefe sind also von Mamas und Aminas Stiefmutter, der unfreundlichen Frau, die die Tür von unserem Ex-Haus geöffnet hat und von der Mama nur sehr ungern spricht.

Deine Stiefbrüder werden dir ebenso wenig verzeihen wie ich. Dein Vater, Gott habe ihn selig, hat bis zu seinem Tod an dir gelitten wie an einer vergifteten Frucht. Dein Vater hat diese Schande, in die du ihn gestoßen hast, nie verwunden. Ich kann nur dankbar sein, dass er schon verstorben war, als du die noch größere Schande über seine Familie gebracht hast. Seine. Denn es ist nicht mehr deine Familie, Amina.

Ich lasse den Brief sinken. Alles ergibt noch weniger Sinn als zuvor.

»Was ist mit dem Apfel?«, bohrt Laura.

»Nichts steht da über einen Apfel.«

»Dann mach weiter mit den anderen Briefen!«

Der nächste Brief ist allerdings einer von Amina. *Nidia*, steht dort. *Du kannst mich nicht verantwortlich machen für etwas, für das ich nichts kann! Meinetwegen kreide mir an, dass ich aus Liebe heiratete und nicht aus Habgier, wie so manche andere. Das Erbe meines Vaters, das mich nie erreichte, soll dir dennoch ein süßes Kissen sein!* Hier ist der Brief so zerknüllt worden, dass man nur den unteren Rand lesen kann.

Du weißt, wer verantwortlich ist für den Tod meines Mannes. Was hätte ich tun sollen? Du sagst mir, ich sei eine Schande. Ich strecke euch die Hand zum Frieden aus. Obwohl die Schande eher ihr seid. Der Rest des Briefes ist abgerissen.

Laura sieht mich verständnislos an. »Was soll das? Klingt wie aus so einem Ritterfilm.«

Der nächste Brief: erneut Aminas.

Ich habe das tiefe Bedürfnis, diese Fehde endlich zu beenden. Ich habe mich an unser neues Leben gewöhnt, ich will reinen Tisch machen. Ich will kein Erbe, ich will keine Liebe, keine Anerkennung mehr von euch. Ich will einfach nur noch meinen Frieden. Mit mir. Mit euch. Hier sagen sie, man kann auch Dinge aus der Vergangenheit lösen. Ich weiß, ich habe das Recht, mein Leben selbst zu gestalten. Und glaube mir, es war schrecklich genug, falls du mich unbedingt leiden sehen möchtest. Jede Nacht, sobald ich die Augen schließe, höre ich dieses dreckige Gelächter. Und sehe diese Stiefel vor meinem Gesicht. Schwarze, feste, glänzend geputzte Armeestiefel. Ich wünsche mir, eines Tages die Augen zu schließen und nichts mehr zu sehen und zu hören. Nur Ruhe. Ihr sagt, ich bin daran schuld, was geschah. Sogar Eli sagt das. Diese Behauptung ist falsch. Das weiß ich jetzt. Die Menschen hier

haben mir geholfen, das zu erkennen, und ich bin ihnen unendlich dankbar.
Hier sagen sie, man kann sich auch nach Jahren aussöhnen. Das erleichtert, sagen sie. Ich glaube ihnen. Wir sind doch beide erwachsene Frauen. Lass uns Frieden schließen, Nidia. Lass uns zur Ruhe kommen.

»Wieso sind diese Briefe wieder hier? Wurden sie nie abgeschickt?«, fragt Laura, ganz im Detektivmodus.

Ich blättere weiter: Nicht alle Briefe gehören Amina oder Nidia. Manche sind auch von meiner Großmutter. Meine Mutter hat offenbar alle Briefe aufbewahrt. Die kenne ich schon. Ich habe sie manchmal selbst meinen Eltern vorgelesen. Und es gibt noch einen Brief der Stiefmutter an Amina.

Dass du überhaupt die Frechheit besitzt, mich erneut anzuschreiben! Ich habe es dir schon vor Jahren gesagt, und ich sage es dir noch mal: Eine anständige Frau hätte gewusst, was sie nach einer solchen Sache zu tun hat. Eine anständige Frau hätte sich aus der Familie geschnitten, wie man ein verfaultes Stück Fruchtfleisch aus einem Apfel schneidet. Ich schicke dir hier all deine Briefe zurück. Melde dich nie wieder. Ich warne dich.

Da. Da ist der Apfel. Und immer noch macht er keinen Sinn.

Laura zuckt hilflos die Achseln. »Das klingt einfach nur verrückt.«

»Ich fürchte, mehr werden wir aber nicht finden.«

»Aber …« Laura runzelt die Stirn. »Aber es sagt schon etwas aus. Dass die Familie etwas von ihr erwartet hat, was sie ihnen nicht liefern wollte.«

»Und dass Amina sich nicht schuldig fühlte für das, wofür sie ihr die Schuld gaben.«

»Und dass sie sich unbedingt versöhnen wollte. Die aber nicht.« Laura überlegt. »Was meint sie mit den Stiefeln, Madina?«

Ich schaue weg. Ich will das gar nicht anreißen, eigentlich, weil ich sehr wohl weiß, was gemeint ist. Das macht mich noch wütender,

wenn ich an meinen Vater denke und wie er mit Amina umgegangen ist, all die Zeit über. Das Duschen, über Stunden. Die Wut. Das ergibt jetzt alles Sinn. Und ich will es Laura nicht erklären müssen.
»Nichts Gutes, Laura.«
Ich horche tief in mich hinein. Nein, Amina wollte nicht sterben. Sie wollte Frieden haben. Und genauso ein neues Leben beginnen, wie ich es will. Was immer passiert ist – es war nicht freiwillig. Nicht ihre Entscheidung. Jetzt bin ich mir ganz sicher. Und irgendwie ist mein Vater darin verwickelt. Ihn kann ich nicht fragen. Aber meine Mutter.

22

Als Rami vor sich hin schnarcht, wie jeden Abend bewacht von Kassandra, hole ich unsere schönste Teekanne, mache Tee und decke zwei Porzellantassen auf. Unsere feinsten.

Meine Mutter will im Nebenzimmer Wäsche bügeln, hier ist immer irgendwas zu tun, seit Oma bei Papa wohnt. Uns fehlt außerdem das Geld, das Amina verdient hat. Alles ist neu und nicht wirklich gut. Über kurz oder lang muss Mama sich selbst nach einem Job umsehen.

Ich bitte sie zu mir. Vermutlich ahnt sie sowieso, dass ich ihre Sachen durchwühlt habe. Aber wie immer, wenn etwas aus dem Ruder läuft, sagt sie nichts, solange die Lage nicht völlig eskaliert.

Ich gieße uns Tee ein.

Sie sieht mich prüfend an. Ich habe so was noch nie gemacht, klar merkt sie, dass irgendwas im Busch ist.

»Ich muss mit dir über Amina sprechen«, sage ich.

Sie nickt.

»Sie hat sich nicht umgebracht.«

»Bitte, Madina, es wird nicht ungeschehen davon!«

»Nein. Nicht ungeschehen. Aber wir sind ihr das schuldig, Mama. Du hast doch gewusst, dass es da einen Konflikt gab, oder?«

Meine Mutter senkt die Augen, der Inhalt der Teetasse ist offenbar faszinierend.

»Das hast du gewusst, oder nicht?«

Sie reagiert gar nicht. Sie wird nur sehr blass.

»Was ist das mit diesem Apfel?«, sage ich. »Sie überreichte der Frau einen Apfel.«

Meine Mutter sagt: »Ich weiß es nicht.«

Ich nehme den Brief heraus und lege ihn vor sie hin auf den Tisch. »Du weißt aber, dass er hier erwähnt wird.«

Meine Mutter starrt den Brief an wie eine gespenstische Erscheinung.

»Da steht: *Eine anständige Frau hätte sich aus der Familie geschnitten, wie man ein verfaultes Stück Fruchtfleisch aus einem Apfel schneidet.* Was bedeutet das?«

Meine Mutter schiebt ihre Tasse so heftig weg, dass sie überschwappt. »Misch dich nicht in Dinge ein, die dich nichts angehen! Und die du sowieso nicht mehr ändern kannst!«, zischt sie.

»Ich will den Namen meiner Tante reinwaschen«, sage ich. »Du nicht? Sie war deine Schwester!«

»Bitte, Madina. Lass mich in Ruhe damit.«

»Mach es für Amina, Mama.«

Meine Mutter ist fast drauf und dran, aufzustehen und zu flüchten. Sie zwingt sich zu bleiben. Mutig finde ich das.

Sie schweigt lange. Ich lasse ihr Zeit. Als sie endlich zu sprechen beginnt, sieht sie mich nicht an.

»Amina ist mit uns geflohen, weil ihr zu Hause große Gefahr drohte«, sagt meine Mutter. »Eli hat sie natürlich mitgenommen. Aber große Freunde waren sie auch davor schon nicht.«

»Welche Gefahr? Von den Soldaten?«

»Auch, aber vor allem von unserer Stiefmutter und ihrem Teil der Familie.«

»Warum?«

»Weil schon unser Vater der Meinung war, dass sie die Familie lächerlich gemacht hätte, wegen der Heirat, die er nicht wollte. Sie ist vor der Hochzeit mit dem Bräutigam, den Vater für sie ausgesucht hat, einfach abgehauen. Das hat unseren Vater brüskiert.«

Ich zweifle keinen Augenblick daran, dass ich es genauso gehandhabt hätte, würde mein Vater mich mit jemandem verheiraten wollen, den er ausgesucht hat und nicht ich.

»Und recht hatte sie«, sage ich.

»Du weißt nicht, wie du darüber gedacht hättest, wärst du noch in unserem Dorf. Und hättest nie etwas anderes gekannt.«

»Aber diese Nidia schreibt, Amina hätte etwas weit Schlimmeres getan. Danach.«

Meine Mutter rutscht auf ihrem Hocker herum. »Ich will wirklich nicht darüber reden.«

»Mama, ich will alles wissen. Sie war meine Tante, nicht nur deine Schwester.« War. Das klingt fürchterlich.

Mama seufzt. Und schweigt.

»Mama! Ich hasse alle diese Geheimnisse. Es löst sich nichts, wenn man es nicht ausspricht.«

»Mein Vater«, fängt meine Mutter an und kämpft mit sich, als ob jedes Wort ihr in der Kehle stecken bleiben würde. Hühnerknochenworte. »Mein Vater war sehr, sehr streng. Nicht liebevoll wie meine Mutter, die so früh gestorben ist. Das weißt du alles. Dann heiratete er Nidia. Wir waren nicht glücklich, Amina und ich. Amina hat sich aufgelehnt. Ich dachte, wenn ich ganz stillhalte, wenn ich sehr lieb bin, würde sie mich mögen. Ich habe mich geirrt.« Sie schließt die Augen. »Als Amina mit ihrem Freund durchbrannte, hat mein Vater das als Schande empfunden. Nidia hat ihn noch mehr gegen sie aufgebracht. Dann starb mein Vater.«

»Was war das Schlimme, das Amina angeblich begangen haben soll?«

Meine Mutter wendet mir ihr Gesicht zu, das vor Entschlossenheit glüht. »Nichts! Nichts hat sie getan! Weil sie uns, deinem Vater und mir, mit den Verletzten geholfen hatte, wurden sie und ihr Mann überfallen. Wir waren nicht da, wir waren glücklicherweise bei deiner Großmutter zu Besuch.«

»Hatten die es auf uns abgesehen?«

»Ja.«

»Und dann?«

»Dann haben sie Timur ermordet. Und Amina … Gewalt angetan.«

Das war mir nach der Lektüre des Briefes schon klar gewesen. Es war furchtbar zu begreifen. Nur die Verkettung mit dem Rest der Familie, die verstehe ich noch immer nicht.

»Nidia ist grausam. Sie hat erwartet, dass Amina sich selbst aus der Familie entfernt. Nidia lebt nach Traditionen von vorgestern. Von vorvorgestern! Deswegen haben wir es ja beide nicht bei ihr ausgehalten, weder Amina noch ich. Sie ist eine Fanatikerin. Ihrer Ansicht nach wäre das alles nicht passiert, wenn Amina sich nicht schon davor so liederlich und unanständig benommen hätte.«

Mir bleibt vor Wut die Stimme kurz weg. »Was ist das für eine verfluchte Scheiße?« Ich schreie so laut, dass ich sofort heiser bin. »Wie kann eine Frau je schuld an so was sein?«

»Natürlich nie! Aber Nidia sagte, die ganze Familie würde deswegen leiden.«

»Das meint die Sache mit dem Apfel, oder? Sich aus der Familie entfernen wie ein faules Stück aus einem Apfel? Was haben sie denn erwartet? Dass Amina deswegen das Dorf verlässt? Oder dass sie sich gleich umbringt? Wie krank ist das denn? Hatte niemand Mitleid mit ihr?«

Meine Mutter antwortet nicht. Sie dreht die Porzellantasse in ihren Händen. Dann sagt sie: »Du weißt nicht, wie froh ich bin, dass du hier erwachsen werden kannst. Und nicht dort.«

»Aber eigentlich war Papa mitschuldig daran, dass Amina überfallen wurde. Sie hat ihm geholfen, die Verwundeten zu betreuen. Sie hat euch geholfen«, sage ich. »Wie konnte Papa ihr da überhaupt Vorwürfe machen?«

»Auch Eli ist schwierig«, sagt meine Mutter. »Es war nicht richtig von ihm.«

»Und du hast das mitgetragen?«

»Nein, das habe ich nie.«

Ich weiß, dass ich ihr aus Wut unrecht tue. Ich erinnere mich daran, wie oft sie Amina in Schutz nahm, wie oft sie Beleidigungen von Amina schluckte, ohne je unfreundlich zu werden, sie liebte ihre Schwester, das ist ganz klar.

»Und ich glaube kein Wort über ihren angeblichen Selbstmord«, stößt meine Mutter aus. »Nie hätte sie so etwas freiwillig getan!«

Je mehr ich von diesen fürchterlichen Dingen höre, desto klarer wird mir, dass ich das nicht hinnehmen will. Ich möchte in einer Welt leben, in der Frauen wie Amina Mitgefühl und Hilfe entgegengebracht werden, keine Wut und Erniedrigung.

Ich verstehe endlich, was sie mir bei unserem Gespräch in Omas zerstörtem Dorf sagen wollte, als wir mit Nomi im Bett lagen. Sie hat an ihre Rechte geglaubt. Amina hat ihrer Therapeutin geglaubt. Sie wollte reinen Tisch machen. Sie wollte sich damit befreien. Das hat sie dort gesucht. Und das hat sie letztendlich das Leben gekostet. Ich könnte toben vor Zorn. Und gleichzeitig wird mein Bild von meiner Zukunft konkreter. Ich will nicht nur einfach Ärztin sein.

Sollte ich es schaffen, Ärztin zu werden, möchte ich Frauen unterstützen, denen es wie Amina ergangen ist.

*

Laura will wissen, was ich herausgefunden habe. Ich möchte eigentlich nicht darüber sprechen. Es wäre Amina vermutlich nicht recht.

*

Jonas hat angerufen. Ursprünglich wollte ich ihn ja dezent abwimmeln, aber es erleichtert mich dann doch, mit ihm zu sprechen. Er fragt, ob es mir gut geht. Das fragen nicht allzu viele. In der Schule traut er sich nicht, zu mir zu kommen. Zu schüchtern.

*

Amina sitzt in meinem Zimmer am Fenster, wie sie früher im Flüchtlingsheim am Fenster saß: reglos im Mondlicht. Ihr Hals bewegt sich ganz leicht, wenn sie ein- und ausatmet, ihre Haut schimmert, als wäre sie mit Perlmuttschuppen übersät, ihr dunkles offenes Haar verdeckt ihr Gesicht.

Das Fenster steht weit offen, aber mir ist gar nicht kalt. Der Mond flutet mein Zimmer mit Licht, ich wate in seinen Strahlen, als ich aus dem Bett klettere und zu Amina gehe.

Sie dreht sich zu mir um, ihr Gesicht ist fast so jung wie meins. Sie seufzt, hebt ihre Arme und legt sie um mich, ich nähere mich ihr an, bis wir Stirn an Stirn lehnen, ihre ist glatt und kühl wie Marmor. Amina schließt ihre Augen, legt dann ihren Finger an den silbrig hellen Mund, als ob sie alles versiegeln wollte, was über ihre Lippen kommen könnte, die weich und voll sind, frei von dem harten Zug der letzten Jahre. Sie küsst mich auf die Wange, so leicht wie die Berührung eines Nachtfalterflügels, und als ich den Kuss erwidern will, zerstiebt sie in glänzende Schuppen, die zum Fenster hinaustreiben, getragen vom Mondlicht.

Ich bleibe am offenen Fenster stehen und sehe den glänzenden Partikeln nach, die über dem nachtdunklen Wald verschwinden.

Auf Wiedersehen, Amina.

*

Meine Oma kann nicht auf Rami aufpassen, weil sie bei Papa ist. Wenn Susi nicht eingesprungen wäre, müsste meine Mutter ihren Termin bei der Therapie heute absagen. Ohne Amina ist auch der tägliche Ablauf um vieles komplizierter.

Als wir uns am Nachmittag in unserer Küche treffen, um gemeinsam zu essen – nur wir drei, Mama, Rami und ich –, fühlt sich das an wie der versprengte Rest einer geschlagenen Armee. Rami hat in der Nacht wieder ins Bett gemacht wie früher.

*

Jonas möchte mich treffen. Ich habe keinen Kopf dafür. Laura zieht mich auf und nennt ihn »verknalltes Hinkebein«. Das hilft ungemein, echt.

*

»Das ist eine grausame, schreckliche Geschichte«, sagt Frau Wischmann. Sie wirkt ehrlich betroffen. »Diese arme, arme Frau.«

»Amina war nicht arm«, sage ich. »Sie war tapfer. Sie war unendlich stark.«

Und ich denke an meinen letzten Traum von ihr, und dann denke ich mir, wenn ich je eine Tochter haben werde, dann möchte ich sie Amina nennen. Und ich werde dafür sorgen, dass sie geliebt wird und in Freiheit aufwächst. Ehrenwort.

*

Mehr als eine Woche ist um, seit Papa ausgezogen ist. Heute habe ich beschlossen, ihn zu besuchen. Ich habe Angst davor. Und er fehlt mir. Ich müsste ihn auf Amina ansprechen. Ich will, dass er wenigstens jetzt seine Fehler, sein mieses Verhalten ihr gegenüber zugibt. Ich weiß aber auch, dass ich das jetzt nicht anbringen kann, noch ist die Liste von Frau Wischmann offen, seine Krankenhaustermine, wie es mit uns allen weitergeht. Alles das gleichzeitig.

Becca ruft mich an und macht mir Mut. Sie hat ihn jetzt ja jeden Tag gesehen, ihm und Oma Frühstück aus dem Café gebracht. Ich bin ihr so dankbar dafür. Sie sagt, dass es ihm nicht gut geht. Ja, uns geht es allen nicht gut.

*

»Ich begleite dich«, sagt Laura. »Keine Diskussion. Ich gehe mit. Ich warte auf dich im Café. Und wenn was ist, brüllst du.«

»Und du läufst dann weg?«, frage ich halb scherzhaft.

»Nein, du Idiotin.«

Kassandra will auch mit, sie liebt es bei Johann, da gibt es immer gute Knochen für sie. Aber keine von uns kriegt, was sie sich sehnlichst wünscht, meine Familie bleibt kaputt und Kassandra muss ohne Leckerbissen bei Rami bleiben.

»Du musst auf mich aufpassen«, sagt Rami und vergräbt sein Gesicht in ihrem Fell.

Kassandra zeigt ihre rote lange Zunge und legt sich artig zu seinen Füßen hin.

23

Papa öffnet rasiert, gewaschen und in sauberen Klamotten. Er kann mir kaum ins Gesicht sehen. Seine Hände zittern. Er bittet mich hinein, serviert mir Tee. Meine Großmutter umarmt mich, drückt ihr Gesicht in mich hinein, flüstert: »Ich habe dich so vermisst.« Papa windet seine Hände ineinander, fast wie Rami, wenn der unsicher ist. »Ich weiß nicht, was über mich gekommen ist. Bitte entschuldige.«

»Papa«, sage ich. »Du weißt, das reicht nicht. Du darfst nicht so viel trinken. Du musst dir endlich helfen lassen.«

»Ich versuche es allein!«

»Ja, wir haben gesehen, was dabei rauskommt, Papa.«

»Ich möchte gerne zurückkommen. Bitte.«

Ich schlucke. Ich habe echt die Arschkarte hier gezogen. Wieso muss das jetzt über mich laufen? Und fast wäre ich wieder in die Falle getappt, für alles die Verantwortung übernehmen zu wollen, aber ich merke es diesmal rechtzeitig und sage: »Papa, das musst du mit Mama klären. Nicht mit mir.«

Er trinkt einen Schluck Tee, er sagt nichts.

»Ich habe ein paar Adressen mitgebracht. Wenn du willst, rufe ich für dich dort an. Mehr kann ich derzeit nicht tun.«

Wir schweigen ein bisschen. Meine Oma gießt Tee nach.

»Ich habe dich lieb, Papa. Ich habe viel riskiert, um dich zu finden. Aber diese Schritte, die musst du gehen. Nicht ich.«

Es fällt mir schwer, das auszusprechen, jedes Wort brennt mir auf der Zunge wie glühende Kohlenstückchen. Er sagt gar nichts. Ich kann nur raten, ob das, was ich gesagt habe, auch angekommen ist. Ob er, falls es angekommen ist, auch auf mich hört. Trotzdem fühlt es sich im Nachhinein verdammt gut an, wenn es endlich ausgespuckt ist.

*

Susi hängt Tannenzweigkränze mit bunten Christbaumkugeln im ganzen Haus auf. Es beginnt nach Lebkuchenteig zu duften. Weihnachten kommt.

Rami ist aufgeregt, aber nicht so übermütig wie letztes Jahr. »Kommt Papa auch?«, nölt er ein ums andere Mal. »Kommt er zu unserem Fest?«

Und keiner weiß, was man ihm darauf antworten soll.

*

Ferien. Endlich.

*

Meine Mutter freut sich, dass es einen Termin für Papa gibt, an dem er zu einer ersten Beratung gehen kann.

Ich sehe es ihr an, dass sie ihn am liebsten gleich wieder zu uns zurückholen würde. Die Hilfe von Oma fehlt ihr, und Rami ist nölig.

Susi schärft ihr ein, jetzt nicht lockerzulassen. Es ist viel zu früh.

Ich denke an die Löcher, die neben unserer Wohnung an der Wand des Hauses prangen. Da hing mal das Schild von Lauras Vater. Von seinem Büro. Laura will ihn gar nicht mehr treffen. Es sind schlimme Dinge hier vorgefallen, bevor wir eingezogen sind. Ich will nicht, dass wir wieder schlimme Dinge mitbringen, hierher, wo man uns vertraut.

*

Jetzt wäre die Zeit, sich einfach fallen zu lassen ins Nichtstun, spät zu frühstücken, sich komplett gehen zu lassen, aber es macht mir keinen Spaß. Alles macht mir keinen Spaß. Zu viel ist ungelöst, zu viel ist unsicher.

»Du warst nicht mal so scheiße drauf, als du noch gar nicht wusstest, was mit deinem Vater ist«, sagt Laura und hat eigentlich recht.

Vielleicht erlaube ich mir erst jetzt, das alles zu spüren. Wie fertig ich bin. Nach allem, was passiert ist. Normalerweise würden wir jetzt mit Markus auf dem zugefrorenen Teich spazieren, mit Kassandra durch den Wald laufen, ins Kino fahren oder zum Tanzen.

Markus kommt diesmal nur an den Feiertagen gleich zu Ferienbeginn, bleibt nicht so lange wie letztes Jahr.

*

Susi hat ihren traditionellen Christbaum diesmal um mehrere Stufen eskalieren lassen, er reicht bis an die Decke und füllt das halbe Wohnzimmer aus. Dieses Jahr sind wir alle etwas spät dran, mein Vater hat alles und alle durcheinandergebracht. Wir haben Zuckerstangen und glänzende Goldkugeln und rote Weihnachtsmänner samt Rentieren hineingehängt, Schokoladenschirmchen und silberne Sterne. Er ist einfach eine weihnachtliche Explosion.

Anschließend liegen wir ermattet auf dem Sofa herum, Laura mit Chipstüte, ich mit einem gebackenen Apfel.

»Was ist mit Jonas?«, fragt Laura, weil ihr langweilig ist.

»Nichts«, sage ich. Ich fühle wirklich nichts. Ja, er ist nett. Deswegen muss man ja nicht gleich verknallt in einen sein, oder?

*

Rami hat auch dieses Jahr darauf bestanden, dass wir einen eigenen Baum für unsere Wohnung unten bekommen. Die großen waren schon alle weg. Nun hat er nur ein kleines Bäumchen, meine Mutter schafft nicht mehr als das. Sie hat es zwar mit ihm geschmückt, aber richtig glücklich war sie nicht dabei. Und kaum waren sie fertig, kam Nomi ganz unschuldig vorbei und warf sich in die Ästchen hinein, woraufhin das gesamte Kunstwerk samt Kater über den Rand des Couchtisches kippte. Scherben bringen Glück, habe ich Rami eingeschärft, der losgeheult hat wie eine mittelstarke Sirene.

»Aber es ist schon so viel kaputt und jetzt auch noch unser Baum«, rotzt Rami, während ich die Glücksscherben zusammenkehre und den Baum wieder aufrichte. Er ist fast gar nicht beschädigt, Rami ist jedenfalls geknickter als er.

»Aber die Kugeln! Die sind kaputt! Kaputt!«

»Wir borgen uns welche von Susi, komm.«

Susi wuchtet gerade eine so riesige tiefgefrorene Gans auf die Arbeitsplatte, dass man glauben könnte, es wäre ein gerupfter ganzer Schwan. Sie ist noch leicht außer Atem. Zwiebeln und Äpfel liegen auch schon bereit. Bald wird es wieder so duften, dass man nur noch ans Essen denken kann, tagelang.

»Habe die größte ausgesucht«, sagt sie, als sie wieder Luft bekommt. »So viele Menschen wie dieses Jahr waren wir ja schon lange nicht mehr an den Festtagen.«

Letztes Jahr haben Susi, Amina, Mama und ich Kekse gebacken, die alle Düfte meines Lebens in sich vereint haben, von Kardamom und Zimt über Vanille und Kakao bis Anis und Marzipan. Wenn sich einfach alles im Leben so leicht in eine schöne Mischung vereinigen ließe wie das Essen, wirklich wahr. Wir müssten einfach alle Kekse sein, dann wäre alles kein Problem.

Wenn wir nur wieder gemeinsam backen könnten, alle vier.

Etwas kommt, etwas geht. Und der Schmerz bleibt.

»Wenn ich ehrlich bin, waren wir überhaupt noch nie so viele Menschen zu Weihachten«, korrigiert sich Susi, während sie Nüsse hackt. Eine wird fehlen, denke ich mir. Eine wird fehlen. Und ich hoffe, dass mein Vater kommen kann und sich auch benimmt.

Susi wäscht die Kräuter, schneidet Zwiebeln, in der Wohnküche wird es temperaturmäßig tropisch, der Ofen läuft auf vollen Touren. Susi wischt sich den Schweiß aus dem Gesicht. »Johann und seine Mutter und Frau King und Becca«, sagt sie. »Und ihr. Und Markus und Ronja.« Dann sieht sie kurz erschrocken aus, als ob sie sich verplappert hätte.

Ich sage nichts. Es ist okay. Markus und sein Liebesleben sind im Moment mein allerletztes Problem, das ich in dieser Welt habe.

*

Sollen sie doch alle kommen. Weihnachten ist doch so was zum Zusammensein.

*

Ich baue mit Rami einen fetten Schneemann im Garten, meine Mutter sieht mir aus der Küche zu. Im Backofen bräunen Kekse.

Ich versuche so zu tun, als wäre alles ganz normal.

*

Markus wuchtet seinen Koffer zur Tür hinein, seine Wangen sind von der Kälte gerötet. Keine Ronja. Sie ist krank geworden und bei ihren Eltern geblieben.

*

Als der Esstisch endlich ausgezogen und festlich gedeckt ist, sieht er aus wie in so einem verdammten Fünfsternerestaurant aus einem kitschigen Film. Nicht, dass ich je in so einem wirklich drin gewesen wäre. Mit hochgestellten Servietten, die wie Hasenohren aussehen, mit glänzenden Gläsern und feinem Porzellan auf einer glänzenden Satindecke mit silbernen Schneeflocken drauf.

Susis Wohnzimmer ist völlig überfüllt. Noch nie waren so viele Menschen auf einmal da. Ich liebe so was. Unsere Feste waren früher auch immer rauschend, mit ganz vielen Gästen und überladenen Tischen in unserem damaligen Garten.

»Vor drei Jahren haben wir nur zu dritt hier gefeiert«, sagt Laura. »Und es war ziemlich langweilig. Seien wir ehrlich: öde. Sogar ein bisschen traurig. Unser Leben ist so anders jetzt, durch dich.«

Die King hat sich zu meiner Oma gesetzt, Markus hilft Susi in der Küche, Laura kümmert sich um Rami. Ich fühle mich als die wandelnde Pufferzone zwischen allen. Es ist schön, aber auch echt anstrengend. Meine Mutter sitzt neben meinem Vater. In ihrem besten Samtkleid, ihr Haar in schöne Wellen gelegt. Mein Vater trägt ein strahlend weißes Hemd mit spitzem Kragen. Er wirkt schläfrig. Johann lässt immerzu seinen wachsamen Blick zu ihm rüberwandern, aber mein Vater benimmt sich.

Es gibt Gans und saftiges Rotkraut und Kroketten. Und danach eine luftig hohe Apfel-Baiser-Torte. Die Kerzen flackern, alles scheint in ihrem Licht weich und warm.

Becca lächelt so viel wie noch nie. Und schon hat ihr die King angeboten, bei einem Tässchen Tee Deutsch zu üben, bei ihr, wenn Becca das möchte.

Johanns Mutter kostet sich durch Susis Likörsammlung durch und schläft auf dem Sofa ein, ihr sanftes Schnarchen begleitet uns durch den Abend. Die King ist kurz pikiert.

Wir tauschen Geschenke aus, Markus hat mir eine Ledertasche geschenkt, aus der man mit ein paar Handgriffen einen Rucksack machen kann. Ich liebe sie.

»Falls du flexibel bleiben möchtest«, sagt er und grinst. Ich frage nicht nach Ronja. Wozu.

Später will Papa als Erster gehen, und Johann fährt ihn und Oma wieder in seine Wohnung. Als er weg ist, vermisse ich ihn plötzlich sehr.

*

Laura nimmt mir jetzt das Tagebuch weg, sagt sie. Ich wehre mich nur halb motiviert. Ich will kurz in Zeitlosigkeit fallen.

*

Wir gehen im Wald spazieren, mit Lynne und Becca und Kassandra. Wir überfressen uns an Apfelkuchen. Wir schauen jeden Tag einen blöden Film. Ab und an besuche ich Papa. Ab und an denke ich an Amina. Einmal kommt Jonas und geht mit mir zum Bauernmarkt auf dem Marktplatz und kauft mir einen großen Lebkuchen in Herzform. Mehr passiert nicht zwischen uns.

*

Ich liege lange wach. Und denke an Amina, an Papa, an Mama, an das, was immer noch unausgesprochen ist, und an das, was laut gebrüllt wurde. Ich mache mir Stress, weil ich weiß, der Wecker läutet in ein paar Stunden. Der erste Schultag wird so nicht einfacher werden. Irgendwann stehe ich mitten in der Nacht auf und beginne zu googeln. Wie es mit den Noten aussieht, die ich brauchen werde. Es wird hart. Das ist mir sofort klar. Ich google weiter. Welche Uni was anbietet. Was ich für die Aufnahme brauche. Wie weit weg sie sind. Und ich beginne, diesen Abstand zwischen hier und diesen Unistädten zu untersuchen, die Möglichkeiten für mich anzuprobieren wie fremde Kleider, von denen ich noch nicht sagen kann, welche mir passen.

*

Ich schaue heute bei Oma und Papa vorbei.

Mein Vater ist immer noch beherrscht und ruhig, er achtet sehr darauf, wie er mit mir spricht. Er hat viel geschlafen, erzählt er mir. Manchmal nickt er mitten in unserem Gespräch ein. Die Schlafmittel, die er vom Arzt bekommen hat, machen ihn auch tagsüber müde. Er hat Augenringe, aber nicht mehr so tiefe wie vorher. Ich habe den Eindruck, dass es ihm leichter fällt, mit meiner Oma zu sein als mit uns. Zu einem Teil freut es mich, zu einem anderen macht es mich traurig.

Nach dem Besuch gehe ich noch ins Café runter, zu Becca. Es ist nicht so viel los, und sie hat Zeit für mich.

Sie stellt mir den süßesten heißen Kakao hin. »Ich lade dich ein.«

»Danke, Becca.«

»Ich habe viel nachgedacht, weißt du.«

Ich nippe am Kakao und warte auf das, was noch kommen wird. Wenn jemand so anfängt, kommt immer was, versprochen.

»Diese Gruppe, von der du gesprochen hast. Die sich um die Tiere kümmert.« Sie macht wieder eine Pause, eine, die mich zwingen soll zu sprechen.

»Ja?«

»Die jungen Leute, die sich um die Tiere kümmern ... die ... die einfach wieder eine Zukunft sehen, bei uns zu Hause. Da, wo ich weggegangen bin ... und du ...«

Ich warte. Sie tut sich schwer, es auszusprechen.

»Weißt du, Johann ist wirklich lieb. Er ist ein Schutzengel.«

Ich stelle mir Johann vor, mit seinem runden Bauch und seinen Pranken und seinem Bart, irgendwie nicht sehr engelsgleich. Na gut, ein Bärenengel.

»Und ich will auch nicht undankbar sein. Aber ...«

»Spuck's aus, Becca. Es ist okay.«

»Ich bin nicht glücklich hier. Ich werde nicht glücklich hier.«

»Warum? Du hast jetzt uns, du hast Johann, einen Job, eine Wohnung ...«

»Und eine Sehnsucht.«

»Nach was?«

»Nach Sinn. Danach, dass ich etwas beitragen kann. Etwas Wichtiges.«

Ich ahne, wohin uns dieses Gespräch führt. Ich kann es ein bisschen verstehen, zu einem großen Teil aber auch nicht, und ich spüre ein großes Bedauern, weil ich sie nicht verlieren will.

»Ich will auch etwas für mein Land tun. Etwas Sinnvolles.«

»Das kannst du doch hier auch tun!«

»Du meinst, bei Johann Gläser zu putzen ist sinnvoll?«

Ich schweige.

»Es ist immer noch sehr gefährlich dort«, sage ich schließlich, weil Becca nicht weiterspricht.

»Aber es wird besser.«

»Weiß ich nicht.«

»Ich bin mir sicher.«

»Ich kann dich sowieso nicht mehr umstimmen, oder, Becca?«

Sie schüttelt langsam den Kopf. Sie wirkt kurz traurig. »Aber du kannst mir helfen, Madina.«

»Wie?«

»Stell mir den Kontakt zu dieser Gruppe her. Ich will bei ihnen mitmachen.«

Sie hat es sich sehr genau überlegt, merke ich. Es hat keinen Sinn, sie zum Bleiben überreden zu wollen. Ich kann ihr nur eine Tür offen halten, falls sie es sich irgendwann anders überlegt.

»Ich mache das«, sage ich. »Aber nur, wenn du mir im Gegenzug etwas ganz fest versprichst.«

»Ja, was?«

»Dass du wiederkommst, wenn es dir nicht mehr gefällt. Wenn es heftig wird. Wenn du uns alle hier vielleicht vermisst.«

Sie lächelt, breit und warm. »Du bist genau wie Johann«, sagt sie dann. »Der hat mir dasselbe gesagt.«

Ich komme heim, Laura sitzt vor ihrem Computer und schaut sich irgendwelche Schminktipp-Videos an. Sieht mein Gesicht und fragt, was los ist.

»Becca will zurückgehen«, sage ich ihr.

Laura schaut betroffen.

»Sie wird es sich nicht ausreden lassen.«

»Und was, wenn sie Probleme kriegt, so wie ihr?«

»Dann hoffe ich, dass sie umkehrt.«

Laura wühlt in der Schublade ihres Schreibtisches. »Gib ihr das von mir«, sagt sie und drückt mir zwei Hunderteuroscheine in die Hand. Laura hat zwar recht viel Taschengeld, aber das hat sie sich zusammengespart. Für die Ferien. »Ist doch egal«, sagt Laura. »Wäre sowieso nur für Blödsinn draufgegangen.«

*

Es naht das Ende des Halbjahrs. Ich befürchte in Deutsch und Englisch keine absoluten Glanznoten. Ich muss es schaffen. Ich muss dieses Jahr hinter mich bringen. So gut wie möglich.

Die King ruft mich an, als ob sie meine Zweifel gespürt hätte. »Du schaffst es«, sagt sie, sehr bestimmt, fast so streng wie damals, in der

Schule. »Du glaubst doch nicht, dass ich all die Zeit umsonst mit dir geübt habe! Also bitte.«

*

Ich büffle wie eine Irrsinnige. Laura geht mit dem Lockentyp aus der Nachbarklasse aus. Ich habe für so etwas keine Zeit.

*

Mir geht das Hirn über vor Vokabeln, Zahlen, Daten. Ich hoffe nur, dass das alles bis zu den Prüfungen drinbleibt, mir ist egal, was danach mit all diesem Wissen passiert.

*

Becca ist weg. Ich bin so traurig, ich könnte weinen. Aber eines habe ich gelernt in meinem Leben: Reisende kann man nicht aufhalten. Und manchmal kehrt das, was man loslässt, zu einem zurück.

*

Heute hat mir Johann ein Päckchen mitgebracht. Ich wusste gleich, von wem es ist, weil es mit kariertem Bändchen umwunden war. Die Super-King hat mir geschrieben. *Möge dich der Glücksbringer gut durch das Jahr bringen, in voller Zuversicht.* Die Unterschrift lautet: *Jemand, der an dich immer geglaubt hat und immer glauben wird.* Aus dem Päckchen fällt mir eine feine goldene Kette entgegen. Mit einem kleinen goldenen Teekessel dran.

*

Mama war Papa allein treffen. Auf neutralem Boden, am Marktplatz. Sie ist sehr aufgewühlt zurückgekommen.

*

Ich rufe Markus an. Markus freut sich, mich zu hören, ist aber irgendwie angespannt. »Ich kann nicht so lange«, sagt er, und ich höre eine Frauenstimme im Hintergrund.

»Ich möchte weggehen«, sage ich.

»Was? Du willst wieder da hinfahren, wo deine Tante ums Leben kam? Hast du nicht genug?«

»Nein, nicht dahin. Ich möchte studieren. Wie du.«

Er seufzt erleichtert. »Das kann ich dir wirklich nur empfehlen. Es ist cool.«

Die Frauenstimme im Hintergrund klingt ungeduldig.

»Warte kurz, ich gehe auf den Balkon.«

Ich höre plötzlich Autos, viele Autos. Sehr viele Autos.

»Was willst du denn studieren?«

»Weißt du doch.«

Er schweigt, er hat es offensichtlich vergessen. Ich gehöre einfach nicht mehr so in sein Leben wie früher. Sein Leben ist jetzt ganz neu. Funkelnd neu.

»Medizin.«

»Ach ja, natürlich.« Er schweigt etwas peinlich berührt. »Es gibt hier eine Medizinische Fakultät. Falls es dich interessiert.«

»Ja, sehr.«

»Komm doch mal mit Laura vorbei. Schau es dir an. Dann kriegst du ein Gefühl dafür.«

»Danke, Markus. Das hilft mir sehr.«

»Markus!«, ruft die Frauenstimme im Hintergrund.

Für meinen Geschmack etwas zu bestimmt. Mein Gott, ich fresse ihn ihr doch nicht weg. Ich will nur kurz mit ihm reden.

Er verabschiedet sich und legt auf. Ich bin nicht traurig.

Ich bin ein bisschen inspiriert.

*

Je mehr man sich etwas vorstellt, desto konkreter wird es. Frau Wischmann hatte recht.

*

Laura ist begeistert. Markus hat sie, seit er ausgezogen ist, noch nie eingeladen. »Wir gehen dort aus!«, kreischt sie. »Wir tanzen in den coolsten Clubs! Die ganze Nacht! Und wir gehen ins Kino! Und wir ...«

»Laura, ich will eigentlich meine Zukunft dort planen«, unterbreche ich sie. Mir ist es ernst damit. Es bedeutet weit mehr als einfach nur ein Wochenende in einer fremden Stadt. Es bedeutet ein ganz neues Leben.

»Eben!«, schreit Laura unbeirrt weiter. »Was wäre denn das für eine Zukunft ohne Tanzen! Denk mal drüber nach.«

»Du bist wirklich unverbesserlich, Laura.«

»Du unterschätzt den Einfluss von Freude auf Leistung.«

Vielleicht hat sie irgendwo recht. Aber nur in sehr, sehr kleinen Mengen.

*

Ich erzähle meiner Mutter von meinen Plänen, und sie beginnt sofort zu weinen. Ich ahnte das.

»Aber dann ist ja fast gar niemand mehr da«, schluchzt sie.

»Mama, ich komme euch doch besuchen. In den Semesterferien oder an den Wochenenden.«

»Eli ist weg, seine Mutter ist weg, Amina ist weg ...« Sie versteckt ihr Gesicht in den Händen, sie tut mir furchtbar leid, aber ich kann nichts daran ändern. Ich muss das tun.

Ich umarme sie, sie fühlt sich weich an, warm, nach Mama. Ich werde sie doch auch vermissen.

»Lass mich gehen«, flüstere ich. »Ich werde dich nie verlassen. Nie.«

Sie lehnt ihren Kopf an meine Schulter, dann flüstert sie: »Mach nur. Ich werde das irgendwie aushalten.« Und dann schnieft sie so laut, wie Laura das üblicherweise macht, wenn sie heult. Rotz ohne Rücksicht auf Verluste.

»Du bist so stark, Mama«, sage ich. Ich habe das noch nie zu ihr gesagt. Und ich meine es genau so, wie ich es sage.

»Aber wie willst du dir das leisten, Madina?«, fragt sie dann.

Und leider muss ich zugeben: Ich habe keine Ahnung. Ich werde jobben. Irgendwas. Irgendwie. Egal. Ich mache das. Weil ich es kann. Und weil ich es muss.

*

Laura hat mit Susi geredet und Susi mit mir. Wenn ich wirklich studieren will, würde sie mir Geld leihen. Und ich stottere das in kleinen Beträgen ab.

»Und dann kellnerst du oder so was«, sagt Laura.

»Und du?«

»Ich auch.«

»Und sonst?«

»Ich habe doch keine Ahnung«, sagt Laura. »Ehrlich gesagt beneide ich dich ein bisschen.«

»Wieso?!«

»Weil es für dich schon so klar ist.«

Ich muss lächeln. »Ich beneide dich auch ein bisschen.«

»Warum?«

»Weil du dir die Zeit nimmst, langsam herauszufinden, was du willst.«

24

In der Schule gibt's große Aufregung: An der Tür vor dem Festsaal hängt ein Plakat. Darauf eine Frau mit schwarzem Kleid, schwarzen Haaren mit ganz kurzen Stirnfransen und rotem Lippenstift. Sie schaut ein bisschen streng.

»Die ist Autorin«, sagt Laura.

»Was macht sie hier an der Schule?«

»Keine Ahnung. Lesen vermutlich. Ich finde die Frisur übrigens furchtbar.«

In der zweiten Stunde treiben sie uns zusammen wie eine Kuhherde und in den Festsaal.

Wir belegen lautstark alle Plätze. Die Frau mit den kurzen Stirnfransen sitzt schon auf der Bühne und blättert in ihrem Buch, mit einer leicht nervösen Geste wie ich, wenn ich kurz vor der Prüfung noch den Stoff durchgehen will und es sowieso schon zu spät dafür ist. Sie ist viel dicker als auf dem Foto, aber dafür schaut sie nicht so streng. Sie erinnert mich ein bisschen an eine dunkle Schwester von Frau Wischmann.

Aber während der Lesung erwische ich mich dabei, dass ich mich vergleiche mit diesem Mädchen namens Alice im Buch, das gerade von zu Hause ausreißt mit ihrem ersten Freund und sich plötzlich auf der Straße wiederfindet. Und dass ich diese Alice um die Freiheit, die sie sich erkämpft, beneide.

Wir sollen Fragen stellen, als die Lesung fertig ist. Ein paar melden sich sofort, ich traue mich nicht. Und als ich mich dazu motiviert habe, ist die Stunde schon um. Meine Frage geht im Pausenläuten unter. Die meisten stürmen sofort raus. Ich werfe der Frau mit den Stirnfransen einen unsicheren Blick zu.

»Jetzt komm schon.« Laura möchte zur Toilette und danach zum Schulkiosk. Die Pause nicht vergeuden. Sie zieht mich Richtung Tür. Dort stoßen wir beinahe mit der Autorin in ihren weiten schwarzen Kleidern zusammen.

Ich bleibe stehen. Laura flucht und rennt allein aufs Klo.

»Was wolltest du denn fragen?«

»Ob das Mädchen in Ihrer Geschichte glücklich wird, am Ende.«

»Oh ja, das wird sie.« Und dann wirft sie ihre Ledertasche über die Schulter und sagt: »Und du wirst es auch werden.«

»Was hat sie denn zu dir gesagt?«, will Laura wissen, nachdem die Frau schon längst ums Eck Richtung Ausgang verschwunden ist.

»Es war seltsam«, sage ich.

»Wie seltsam?«

»Ich weiß nicht. Als ob sie mich kennen würde.«

»Du spinnst«, sagt Laura, und wir gehen uns was zum Trinken kaufen wie in jeder großen Pause.

Glücklich bis ans Ende ihrer Tage, sage ich mir. Ja. Das wäre schön.

*

Ich denke an Becca. Kaum habe ich es getan, kommt eine Nachricht von ihr.

Bin angekommen. Danke dir für alles.

Ich hoffe, ich höre noch oft von ihr. Und ich hoffe, sie kommt wieder. Auf Besuch oder so.

*

Rami kommt in mein Zimmer gestürmt, weil Mama mit Papa am Telefon streitet. Er hat Panik in den Augen.

Ich beruhige ihn, und während ich ihn ablenke, weiß ich: So geht es nicht weiter. Und als meine Mutter irgendwann verheult nachkommt und auch meinen Trost will, muss ich das erste Mal sagen: »Mama, ich lerne für die letzte Schularbeit vor dem Halbjahreszeugnis. Die ist wichtig. Das weißt du.«

»Aber dein Vater!«

Ich habe das Gefühl, dass der Familienrucksack voller verschiedener Pflichten so in meine Schultern schneidet, dass ich in die Knie gehe. Ich will das nicht mehr. Es geht so nicht mehr. Sollen die doch ihren Kram endlich selbst erledigen! Ohne Zwischenstation über mich. Es reicht. Es reicht. Und ich hole tief Luft und nehme all meine Kraft zusammen und sage: »Das müsst ihr unter euch ausmachen. Es tut mir sehr leid, aber ich kann das nicht mehr.«

»Wie meinst du das?«, stammelt sie ganz perplex.

»So, wie ich es sage. Ihr seid doch erwachsen. Ihr müsst das selbst klären. Und jetzt bitte, lass mich weiterlernen.«

Das hat ziemlich wehgetan. Und gleichzeitig auch so, so gutgetan.

*

Bast überreicht mir die letzte Klausur. »Gratuliere«, sagt er.

Nicht mal so übel, wie ich dachte. Mir bricht ein Eisenreif um die Brust entzwei wie beim eisernen Heinrich. Mindestens. Mir fällt ein hundert Tonnen schwerer Mühlstein vom Herzen. Noch ein Schritt näher an meinem Ziel. Geschafft.

Ich streiche über meinen Glücksbringer, die Super-King hat offenbar magische Kräfte wie eine uralte englische Hexe. Ich kann es kaum glauben.

*

Wir holen uns unsere Halbjahreszeugnisse ab wie Orden im Bildungskampf.

Es ist tatsächlich geschafft. Das ganze erste Halbjahr. Ich rufe die King an und erzähle es ihr zuerst, noch vor meiner Mama. Sie ist gerührt, sie hustet, sie lädt mich ein – das erste Mal seit langer Zeit lädt sie mich ein, bei ihr Tee zu trinken, wie damals, als ich bei ihr Deutsch lernte. Und dann Englisch. Die Kekse, Shortbreads, auf die sie so unglaublich stolz ist, trocken wie die Sahara, und die mir immer im Halse stecken blieben neben den fremden Worten. Genau genommen waren die fremden Worte bekömmlicher.

Ich bin so glücklich, einerseits, weil sie das erste Mal seit ihrem Zusammenbruch wieder Einladungen ausspricht. Andererseits, weil ich es tatsächlich vollbracht habe, dieses Halbjahr, obwohl bei uns zu Hause der Teufel los war. Ich freue mich auf ihr Häuschen, auf die karierten Kissenbezüge, die karierten Vorhänge, die karierte Decke auf dem Sofa. Alles kariert. Tartan-Stoff, hat sie mir erklärt. Ein Andenken an ihren verstorbenen Mann, der aus England kam.

Ich kann mich noch an alle ihre Geschichten erinnern. Ich werde jede einzelne davon ihr zu Ehren im Gedächtnis behalten. Ehrenwort. Und wenn ich mal ein Kind haben sollte, werde ich diesem Kind von ihr erzählen. Und von Amina. Heldinnen sind unsterblich – oder? Sie sind für immer.

*

Laura und ich gehen beschwingt Hand in Hand von der Bushaltestelle nach Hause. Auf dem Weg treffen wir unseren bescheuerten Nachbarn, der offenbar wieder einmal versucht, in Johanns Café aufzutauchen, und freuen uns schon im Voraus auf die Szene, die ihm Johann ganz bestimmt machen wird. Er sieht bemüht weg, als ob er uns nicht bemerkt hätte, Laura zeigt ihm im Vorbeigehen wieder den

Mittelfinger, er blickt konzentriert zu Boden und beschleunigt, seiner neuerlichen Niederlage entgegengehend.

Susi ist nicht zu Hause, sie hilft Johann im Café. Ich kann sie mir eigentlich gut als Co-Chefin vorstellen, sie kocht doch sowieso so gerne und liebt Gäste, die sie verwöhnen kann.

Ich gehe in unsere Wohnung, schreie »Hallo!«, keiner da, nicht mal Kassandra.

Auf dem Küchentisch liegt ein Zettel. Meine Mutter ist bei meinem Vater, mit Rami. *Er war jetzt das erste Mal im Therapiezentrum*, hat sie dazugeschrieben. Sie hat mir ein Herz und Rami viele Hasen dazugemalt.

Es ist eigenartig still in der Wohnung, so still wie schon lange nicht mehr. Irgendwo in mir bleibt die Unruhe, sie könnten gleich heulend hier auftauchen, aber vielleicht bin ich diese schlimmen Dinge schon so gewöhnt, dass ich sie immer erwarte, auch dann, wenn sie ausnahmsweise mal ausbleiben. Ich möchte das nicht mehr erwarten. Erwarten müssen. Ich möchte etwas ändern in meinem Leben. Ich möchte neu sein.

»Was denkst du?«, fragt Laura, während wir uns Eiscreme aus dem Tiefkühlschrank holen, obwohl es draußen bitterkalt ist, einfach, weil es uns gerade niemand verbieten kann.

»Dass ich anders sein möchte.«

Laura nickt. »Ich auch«, sagt sie und verschwindet im Bad.

»Vergiss es!«, schreie ich ihr nach. »Ich färbe weder meine Achselhaare noch untenrum was!«

Laura taucht wieder auf, in ihren Augen glüht Übermut. Sie wirkt wie diese verrückten Wissenschaftler in Horrorfilmen, bevor alles aus dem Ruder läuft. Sie drückt Flaschen, Pinsel und Plastiktassen an ihre Brust. »Wir machen uns dieselbe Farbe. Ganz neu für uns beide. Du heller, ich dunkler. Alles da.«

Ich zögere kurz. Eigentlich passt mir Lauras Idee überhaupt nicht. Ich mag mein Haar. Aber ich will neu sein. So richtig neu.

»Wir müssen deine Haare erst bleichen. Schnall dich an, es wird jucken.«

»Mach sie ja nicht kaputt, Laura.«

»Niemals! Ich bin schon Profi.«

Es dauert unglaublich lange. Und es juckt tatsächlich wie Hölle. Ich sitze da mit einem Helm aus Silberfolie und darf mich nicht kratzen.

Laura steckt ein Essstäbchen in die stinkende Masse, die sich unter der Silberfolie befindet: »Fast so weit«, sagt sie wie so eine Vollprofifriseurin.

Ich habe das Gefühl, die letzten Monate werden aus meinem Haar geätzt, ich häute mich wie eine Schlange, ich häute mich wie diese formwandelnden Frauen in den Märchen, wenn sie ihre Froschhaut ablegen oder ihre Robbenhaut, um ein anderes Wesen zu werden. Ich wandle meine Form. Zuerst innen, jetzt außen. Ich lasse es einfach zu. Und hoffe, dass Laura mich nicht komplett vermurkst.

Der erste Blick, nachdem die Haare gewaschen wurden, ist nicht sonderlich beruhigend: Ich sehe ein bisschen aus wie eine Pusteblume, bevor sie weiß wird – mein Haar ist dottergelb und steht nach allen Seiten weg. Und natürlich sind die Haare nicht mehr so gesund wie davor.

»Das bleibt jetzt aber nicht so, oder?«

»Natürlich nicht.«

Die zweite Schicht ist so rot wie Sonnenuntergänge in der Karibik.

Laura bepinselt mein Haar, dann ihres, dann stellen wir den Wecker und spielen eine Runde ein Kartenspiel, um uns die Zeit zu vertreiben. Hinter meinen Ohren tropft es rot unter der Folie hervor. Das Auswaschen macht mir Herzrasen vor Aufregung.

»Und jetzt: trocknen. Auf die Föhne, fertig, los!«

Wir stehen nebeneinander und kneten unsere Haare durch. Zwischen meinen Fingern glüht es hervor, als hätte ich Flammen in meinen Händen. Rote Seidenbänder aus Haar. Glänzend, feurig, neu.

Ich war doch nie eine Katze, denke ich mir. Die haben ja nur sieben Leben. Ich bin ein Phönix. Ich war immer schon ein Phönix.

Laura schaut zufrieden in den Spiegel und vermischt unsere Haarsträhnen, die sich wirklich kaum noch unterscheiden. Sie wirkt nun blasser als zuvor, aber auf eine geheimnisvolle Art blass, nicht auf eine kränkliche. »Willkommen in der blutrot-pinken Schwesternschaft!«

Mein Gesicht sieht mit so hellem Haar völlig fremd aus. Die Augen, die Haut, alles. Ich mag das. Sehr.

*

Meine Mutter schreit nur ganz kurz auf, als sie mich sieht. Ich sehe es deutlich in ihrem Gesicht: Die Frage, was Papa dazu sagen wird.

Und ich sage: »Weißt du, es ist vollkommen unwichtig, was Papa dazu meint. Hauptsache, ich mag es.«

Und Rami nennt mich nur noch »Königin der Löwen«. Dabei haben Löwinnen gar keine roten Mähnen.

»Ist egal«, sagt Rami.

*

Laura und ich buchen unsere Zugtickets, um Markus zu besuchen. Es wird schön, sage ich mir. Es wird schön. Es muss.

»He, es wird alles gut gehen«, sagt Laura, die meine Zweifelmiene kennt und einzuschätzen weiß.

Rami heult nicht mehr, weil ich weggehen will, jetzt gibt er mir eine lange Liste an Spielzeug mit, das ich ihm mitbringen soll.

»Falls ich mal dort wohne«, sage ich zu ihm, »kannst du mich immer besuchen kommen.«
»Und wir gehen Hamburger essen und dann ins Kino?«
»Klar«, sage ich.
»Ganz allein, ohne Mama und Papa?«
»Klar.«
»Dürfen wir das denn überhaupt?«
»Du wirst sehen, es wird dir Spaß machen, Rami.«

*

Meine Mutter hat mir einen Schal geschenkt. Einen wunderschönen, so flammend rot wie mein Haar. Mit meinen Initialen darauf. Einfach so.

*

Ich schiebe wieder Panik.
»Das schaffen wir«, sagt Laura. »Wir beenden das Jahr, und dann fliegen wir los, auf und davon!«
Ich wische alle meine Sorgen wegen des zweiten Halbjahrs, wegen der Uni, wegen Mama und Papa und Oma kurz beiseite und stelle mir vor, wie ich den Familienrucksack voll mit unserer Geschichte einfach abstreife, mit seinem ganzen Gewicht, das mich zurückhält. Wie Laura und ich das Fenster aufmachen, die Arme ausbreiten und in den Sonnenaufgang davonfliegen, spüre, wie meine Zehen sich vom Holz des Fensterbrettes lösen, den Saum der Jeans, die um meine Knöchel flattert, unsere Finger berühren sich, um einfach davonzusegeln wie die Schwalben im Hof von Johanns Café, dem Licht entgegen, über die Wipfel der Bäume, über das blaue Band des Baches, über die Berge dahinter, der kühle Wind in unserem Haar. Das ist ein schönes Bild, das ich in mir aufheben möchte, für die Zeiten, wenn

ich unsicher werde, wenn ich nicht mehr weiterweiß. Dieser Flug mit Laura.

*

Papa werde ich erst wieder treffen, wenn ich zurückkomme. Ich weiß nicht, wohin seine Therapie führt. Ich weiß nicht, ob meine Eltern jemals wieder zusammenleben werden. Wir werden sehen. Was ich weiß, ist nur: Ich breche jetzt auf. In meine Zukunft. Papa bleibt da. Ich gehe.

Ein Blick zurück oder das Knacken des Eises

Dieses Buch ist inspiriert von zahlreichen Gesprächen, die ich mit Kriegsvertriebenen, Folteropfern und ihren Angehörigen geführt habe: Es waren viele Geschichten voller Dunkelheit, aber auch voller Wiedergeburten. Jeder Krieg hinterlässt seine Spuren: in Ländern, in Städten, in Familien, Körpern und in Seelen. Menschen, die das nicht erlebt haben, können sich oft nicht vorstellen, was dieses Überleben bedeutet.

Ich bin als Übersetzerin bei Psychotherapien Männern begegnet, die nach ähnlichen Erfahrungen wie Madinas Vater sie durchgemacht hat, gebrochen in ihre Familien zurückkamen. Die Herausforderungen, die sich für diese Familien stellten, sind ähnlich jenen, die Madina, Rami und ihre Mutter erleben. Man hofft auf das Kriegsende. Und wenn der Krieg vorbei ist, gibt es noch immer genug Abgrund zwischen den Menschen, um ein Heilen nur langsam stattfinden zu lassen. Der Weg in die Sicherheit ist oft nicht zu Ende, wenn man diese Sicherheit endlich erreicht. Er geht weiter und weiter, bis man die Brüche verarbeiten kann. Oder wenigstens lernt, mit ihnen besser umzugehen. Manche schaffen es nicht. Es gibt jene, die es überwinden und ein neues Leben aufbauen können. Es gibt jene, deren Verletzungen zu groß sind. Und es gibt jene, die heilen. Atem holen und dann zurückkehren wollen, wie Becca.

Wo Krieg und Flucht ist, gibt es immer Traumata, aber auch neue Chancen. Im neuen Land, im alten Land.

Auch in der Ukraine wird sich die Frage stellen, wie es nach einem solchen Ereignis für die Menschen weitergehen soll – für jene, die während des Krieges dortgeblieben sind, und jene, die geflüchtet sind. Viele werden zurückkehren. Andere werden vielleicht an ihrem Zufluchtsort bleiben, sich dort ein neues Zuhause aufbauen. Manche sind aus Sehnsucht nach der Heimat und Sorge um die Angehörigen sogar jetzt schon zurückgegangen – trotz nach wie vor drohender Gefahr.

Auf eine ganz besondere Art und Weise hat mich Aminas Schicksal berührt, denn mir begegneten einige Frauen, die die gleiche Geschichte zu berichten hatten, und eine gute Auflösung war leider auch bei diesen Schicksalen nicht immer möglich. Aminas Geschichte steht exemplarisch für all diese Betroffenen, und ich kann ihr Schicksal nicht beschönigen, ich will es auch nicht, denn das wäre nicht den Tatsachen entsprechend.

Mir ist bewusst, dass ich den Lesenden zumute, in diesen fremden Schmerz zu blicken, das Knacken des dünnen Eises zu hören, das sich Zivilisation nennt. Aber gleichzeitig kann man Madina auch dabei folgen, wie sie all diese Schichten Schmerz überwindet, um zu sich selbst zu finden, ihre eigenen Regeln für ihr Leben aufzustellen, ihre Träume konsequent zu verfolgen, sich zu emanzipieren, kurzum: erwachsen, unabhängig und selbstbewusst zu werden. Das ist eine Herausforderung, die sie trotz großer Widrigkeit ganz wunderbar meistert, und ich kann versichern, dass zu meinen Erfahrungen mit Kriegsvertriebenen eben auch gehört, dieser unglaublichen Stärke, die man zu einer solchen Neudefinition benötigt, wieder und wieder zu begegnen. Diesem Mut, die Balance auf dem Drahtseil zwischen Vergangenheit und Gegenwart zu halten in zwei verschiedenen Ländern, zwei verschiedenen Sprachen, zwei verschiedenen Welten.

Das ist das Licht, das man findet, wenn man die Schatten durchquert. Das ist die Zukunft, die aus schmerzvoller Vergangenheit hervorgeht.

Julya Rabinowich (März 2023)

Mehr von
Julya Rabinowich

Die bewegende Geschichte von Madina, einem Flüchtlingsmädchen zwischen Tradition und Aufbruch, zwischen Familie und neuen Freundschaften - Julya Rabinowichs Jugendbuchdebüt.

Nach dem Schrecken und der gefährlichen Flucht muss Madina nun ihren eigenen Weg in ihrer neuen Heimat finden. Ein flammender Appell gegen Ausgrenzung und die Spaltung der Gesellschaft!

hanser-literaturverlage.de
HANSER